# 青春里的最后一场雪

袁鹏 著

花山文艺出版社

图书在版编目（CIP）数据

青春里的最后一场雪 / 袁鹏著. -- 石家庄　花山
文艺出版社, 2018.2（2023.9 重印）
　ISBN 978-7-5511-3844-4

　Ⅰ.①青… Ⅱ.①袁… Ⅲ.①言情小说—中国—当代
Ⅳ.①I247.5

中国版本图书馆CIP数据核字(2018)第038440号

书　　　名：青春里的最后一场雪
著　　　者：袁　鹏

责任编辑：贺　进
责任校对：温学蕾
封面设计：侯霁轩
美术编辑：胡彤亮
版式设计：西橙工作室
出版发行：花山文艺出版社（邮政编码：050061）
　　　　　　（河北省石家庄市友谊北大街330号）
销售热线：0311-88643299/96/17/34
印　　　刷：涿州汇美亿浓印刷有限公司
经　　　销：新华书店
开　　　本：880毫米×1230毫米　1/32
印　　　张：7.5
字　　　数：175千字
版　　　次：2018年8月第1版
　　　　　　2023年9月第3次印刷
书　　　号：ISBN 978-7-5511-3844-4
定　　　价：39.80元

# 序

　　只此一次，在这里让我痛快地谈一下。关于写作，之前全无半点经验，拜读过村上春树先生的《挪威的森林》之后，似积满蓄水的大坝顷刻泄开，势不可当，怎样都控制不住。兴奋不已地握着笔杆，正襟危坐，却觉得困惑。我该写些什么，以何种目的去写，这些都不得而知。自此，我陷入了巨大的痛苦之中，每每出门都会事无巨细地观察着人群，不负责任地与女孩谈着恋爱，毫无节制地以啤酒度日。

　　当然也会出现冲动不已提起笔的时候，但基本上都会有始无终。我思忖着是否需要改变，才能畅通无阻地如涓涓流水般写出。可是要改变什么、改变成怎样，我都通通不知，于是我决定把回忆全部都拉出来，一一排列在眼前，惊恐到满身大汗；我忆所能及的全部，竟然都如饮白水一般全无滋味，令我特别焦急，异常地渴望拉住每个人问一问：改变是什么？

提笔之前，我才非常清楚地知道，原来全然不对，仅仅是需要而已。

需要，确切地说，它并非以物体的状态存在，而是真真实实的感受。诚然，每个人的需要可能都不同，但就我而言，需要是一种感受，从没有把握过的感受。并且，这种需要的出现不是巧合，而是时间和空间的维度上要百分之百契合。

当然，我小心翼翼地守着这份情义，漫无边际地等待着。还差一点，似乎顿悟之水已经看在眼里，只等它掉下来。偶然间，我再度翻起村上先生的《挪威的森林》，看到第五章"我们是在某种前提下生活在这里的，以至于有这种感受"这句话时，我合上书，沉思半刻，点着烟，把书放在手边，提起笔，决定一写为快。

最后一个字落笔后，我连最后的句号都没勾，也顾不上通读全篇，甚至都已想不起自己写了些什么，急忙打起行李背上背包前往深山开始徒步旅行。三天时间，我什么都不管，只图实实在在地享受悲伤。走过什么地方，见过什么人，与他们都说了些什么，我全然都不记得。

第四天，我在公路上行走，天突然下起雨来，我冷到了极致，于是决定返回。因为孤独比悲伤还要可怕。

青春里的最后一场雪，

终于落尽了……

# 目录

## 01 ///

　　我此刻难以抑制地想要拥抱已经忘却了许久的雪，却无法实现，以致我不论将身在何处都时时期望着落雪。我紧紧地裹着羽绒服，站在两节车厢的连接处，看着窗外被白雪覆盖的大地。想起如今的时节，不免觉得今年的雪来得也太早了。

　　"不记得"这一说法显然是不负责任的。我绞尽脑汁，似乎上次看见雪是在一个梦里，详细的梦境我自然是说不上来了，只记得铺天盖地的雪。不过在梦里，雪似乎不以名为雪而存在，人们叫它什么我不得而知。但能够确定的是，他们全部都认为雪并不稀罕，而是再平常不过之物，单这一点就使我为一个异类。可不久后又觉得在自己虚度过的二十一个年头中，从没有见过雪，那我想可否是上世之事？但我丝毫想不起上世的自己是以何种形式存在的，只觉得唯独对雪情有独钟。

列车售货员推着售货车走到我跟前时大喊一声，我猛然一惊，斩断思绪，注目凝视着窗外的白雪。远处的麦田已经彻底被白雪覆盖，天地之际难以分清。路过村庄，房屋上有几缕袅袅青烟扶摇直上，没有风，何其平静的雪天。铁路轨道两旁的树木或者电线杆拼命地向后接连跑云，一个追寻着一个，不时还会出现立在公路旁，专门为广告而设立的大型广告牌。可恶的是却未见一个人影。

我就像个被隔离起来的人，清楚地看着甚至能够嗅触到窗外的一切，但就是不能将自己置身其中。

一整天，我都在这种愤然不平中度过。

到了夜晚，我丝毫没有睡意。只管捧着上车前在车站买的杂志，逐字逐句地看完。人们大多已经入睡，我依然全无睡意，趴在床上屏住呼吸仔细地听着火车车轮在行走时碰撞到铁轨接缝处发出的声响，以及人们沉睡时千变万化的呼吸声。虽是这如此不同寻常的声响，但我还是猛然觉得似乎世界只剩下我一人，何等可怕。

如上面所说，我已经二十一岁，正处于王小波先生曾经为之疯狂的黄金时代，人们口中不可辜负的珍贵岁月。我本也以为，二十一岁好歹也会发生些什么，在不影响别人的情况下，哪怕让我一个人走着走着突然掉进一口大井里也未尝不可。但是当我莫名其妙地来到二十一岁后才发现，除了自己的荷尔蒙分泌多了些外再无其他。我想我这一生可能就会如此普通空虚地度过，无计可施。

既然如此，我想那索性就普通空虚到底，反正自己这二十一年来的看家本领就是这个。把自己完全冰封起来，谁都看不见也碰不着，对谁也不会拿时间经营，只是为了生存的工作，也省掉许多与人的羁绊。如此一来，岂不痛快，我就是我，再货真价实不过的我。

老蒋听完我的话，惊得瞠目结舌，他一手端着罐装啤酒，一手拿着抽了有一半的烟，用惊奇的表情看着我。

"怕不是这么简单吧？"老蒋深深地抽了口烟。

"就是这么简单。"

"以前的朋友呢？"

我摇摇头说："都失散了，不知为何。我离开学校之后，他们就像突然从人间蒸发了一般，甚至可以说他们从来就不存在。这完全是我的臆想。"

"全部？"

"本来也没有几个。"

"好惨。"

"完全不惨，我就该这样存在……"

老蒋猛地端起啤酒喝了起来，缄口不语，像是在细细回味我刚刚的话语，直到好久才开了话头。

老蒋端详着我说："你这人倒不失为一个值得交的朋友。"

我充满疑惑地问道："为什么呢？"

老蒋啜了口啤酒，说道："虽然孤独不是你情愿的样子，但是你能忍受得了孤独，这已经是一件了不起的事了。"

对于老蒋的言辞我无不佩服。

整个晚上，我俩无一丝睡意，把买来的啤酒尽数喝完才罢休。互相说话的声音惹得邻居反感，跑来对我俩破口大骂，说我们这些寄生虫简直就是社会的败类。真是可笑至极，我怎么有幸成为社会的败类？

老蒋是我在上海打工时认识的唯一朋友，他就住在我租住房屋的隔壁。一个好端端的房屋被房东用木质板分隔出多个隔间，里面只能放一张床、一个衣柜、一台电视，每个房间都有一个小窗户，而老蒋的房间却是一个大阳台，惬意至极。大家共用两个洗手间一个厨房，并且该有的东西一样不落。我想，上海这座城市能容纳这么多的人完全都是这些房东的功劳。

除了老蒋，被木质板隔离的其他人我无一认得。老蒋这人非常善于交际，可说是为其而生都不过。在任何场合任何人群中，他都能游刃有余地应付自如，而且众人都能被他的这种气质吸引，完全不觉得有做作或不适之感。他丝毫不用费劲，也不用对任何人推心置腹。只要有他在的地方，周围的人就会情不自禁地对他掏心。直到如今，我对此事仍然不能参透。

两个月前的一个夜晚，老蒋考虑着要离开上海。

我正坐在床上看杰克·凯鲁亚克的《孤独旅者》，老蒋忽然打开门，走进来，拿起我手中的书，翻了两页说道："可以耽误你几分钟看书的时间吧？"

"如果有啤酒的话。"

"上周你可是吼着叫着要戒酒啊！"

"往往越造势的事就越难以实现。"

老蒋把书放在床上："谁说的？"

"广播。"

"哦，过来我这边吧。"

老蒋随即转身离开，我跟在他的身后。我俩因为害怕再打扰到邻居，于是提着啤酒，跑到楼顶，在地上铺了两张报纸，喝起来。

两罐啤酒下肚后，老蒋伴着丝丝温暖的海风眉飞色舞地谈起了他在高中时期的女友。他在第一次见到人家后就被深深地吸引了，想方设法地与其结识，之后又穷尽招数地追求。可是，青春中的恋爱总是充满着不测，俩人好不容易一起走过高中，却在高考的时候因为女友家人的反对吵架，接着老蒋高考失利，负气出走上海，之后俩人的联系时有时无。

那天中午，老蒋正式在网络上与人家复合，并考虑前往她所在的城市。老蒋询问着我是否可以同他一起前往。

我说："好一个一发不可收拾的爱情。"

老蒋双手插兜，看着上海的夜空。

我掏出烟点着，问："她叫什么名字？"

"阿千。"

"好名字。"

"好名字？"

"绝不撒谎。"

老蒋大笑了起来，也点着烟，说："你刚问我的时候，我猛然想到这样叫的。"

"那也好。"

老蒋深吸了一口烟，吐在空中，自言自语道："阿千？"

我把已喝空的易拉罐扭成小块，全部装进塑料袋中。端起啤酒，和老蒋碰杯，问："喜欢她到什么程度？"

老蒋不禁笑了一声，说道："也不是到了什么程度，只是很普通的喜欢而已。因为我觉得我所认识的女孩当中，喜欢的并无其他，只有她还能作为女孩吸引到我，等于说是别无他选了。我说的，你可懂？"

"多多少少吧，不是很懂。"

老蒋放下酒瓶，说："如果我想要去认识一个女孩，再跟她发展到那种地步，轻而易举吧？"

"完全认同。"

"可就是不想，她们纵使如何漂亮、风趣、妩媚，都让我提不起兴趣，就算认识了也不想恋爱。要是和我谈起恋爱这个字眼儿，唯一想到的就是她，也就是说，自始至终，我的恋爱对象只有她。"

我把烟扔在脚边，用脚踩灭，问："那你会跟她结婚吗？"

老蒋扬起头，思索着叹了口气，答道："可能很难。"

"啊？"

"因为我很清楚地知道，我不是她所需要的那种人。在我的人生中，我是不允许有羁绊和阻碍的。我始终认为，去了解一个人乃至爱上她是需要耗费大量的精力，且最后的结果只有痛苦，得不偿失，所以我才不会那样云做。她或许应该明白，这是我俩之间最好的一点，总有些心有灵犀的地方。"

我疑惑地问道："那你为何现在和人家合好？还要去人家那里？"

"因为我想离开上海，而我又不知道该去哪里。"

"那，那你高考的失利呢？"

"只是不想再读书了而已。"

"绝对的自我主义者。"

"非常正确！"

"改变也许不是一件坏事。"

"所有的改变都是来自对自我的不认可。"老蒋愤愤地说道。


一个月后，老蒋辞了工作，收拾了东西，决定前往阿千所在之地。我本打算要送他，他毅然反对，离开时只留下"去他的上海"这句话。

老蒋走后一个多月就坚持要我前去找他，正好当时房租已经到期，而且我对上海这地方完全适应不了，于是就答应了他。走之前，我想还是好好看一下上海，就买了一袋子的啤酒跑到外滩，一个人喝起酒来。外滩还是外滩，街道上人声鼎沸，黄浦江上的游轮络绎不绝，对面的大厦灯光灿烂。人们似乎都在忙碌着，只有我一个人独自寻醉。酒还没喝完我就回去了，因为上海的夜晚实在太冷了。


在距离市火车站大约半个小时车程的郊区，老蒋已在那租好了房子。小区在一个十字路口的一角，隔壁路边就是此小区的新区，两个对比，从新区夸张高大的大门就能看出新旧之分。走过新区是一带商业街，饭馆、商店、服装店，足足占满了六条街。小区的另一边是一所学校，究竟是高中还是初中我未能知晓。学校特地设在此处，可能是专门为附近的住户所建的。商业街的对面是一个两层超市，不是很大，但货品齐全应有尽有。在超市门口还有一个大型广场，早晨傍晚都会有不少的人在此锻炼。十字路口的另一角正在盖一座商品楼，外面全用砖块围了起来，其中有一座已经盖得相当之高了，我无法目测其高度，可不论站在十字路口附近的任何地方，都能看见楼上的塔吊。

小区从其老旧的外表来看应该是20世纪90年代的建筑，均为六层，没有高楼。很多的楼顶上都盖满了绿萝，上面是遮阳棚，有些墙上还蜿蜒着爬山虎。我非常诧异，绿萝居然能在楼顶生长得如此繁盛。道路两旁站立着许多树木，榉树、银杏、香樟，其间还夹杂着许多白玉兰，虽然时近寒冬，但依然显得生机盎然。过了住户区，后边还有一片小树林，里面有参天的杉木和榉树，以及不知名的树种，走入其中，俨然进入了森林一般。

老蒋租好的房屋在六层，进门右手是客厅，棕色的皮革沙发包围了半个茶几。基本上六层的房屋都有一个露天大阳台，没有窗户，只有齐人腰高的拦台。阳台呈椭圆形，面积足足有一辆D级轿车那么大。坐在这里喝着啤酒看看书，简直惬意至极。我猜想老蒋租住六层的原因除此之外别无其他了吧。进门左手是一个胡桃楸木的圆形餐桌，过了餐桌，就是厨房，左拐是卫生间。门口正对着是两个卧室，老蒋在左，我在右。

老蒋帮我回到屋子后，说要买些吃的随即出去了。我先去卫生间打开热水器，然后打开行李箱，取出洗漱用品一一放进卫生间，把床铺简单地收拾一下，再取出一套换洗的衣服。洗澡水烧好后开始洗澡，把换下的衣服扔进洗衣机，全自动化的，中途不必操心。我不禁感叹科技如此发达，不久的将来，或许人类已经不用再浪费体力做任何事情，只消一个按钮，机器就会统统依照自己的想法将事情进行得尽善尽美。洗完澡后接水准备泡茶，等待的时间里剪了指甲。老蒋提着饭菜回来时，茶水刚刚烧好。

买来的菜有酸辣土豆丝、清炒西兰花、蒜泥拌竹笋。可口的菜肴，香甜的米饭，我俩一粒不剩地吃完。老蒋收拾着垃圾，我给我俩倒好茶，从兜里掏出一千两百块钱给他，说："这个算是两个月的房租。"

老蒋端起茶抿了一口，道："不要可以不？"

"这……"

老蒋一把抓起钱，塞进兜里，说："得，我收下。"

老蒋放下茶，想起什么似的说："你这几天就玩一玩吧，可以的话去我那里上班吧。"

"做什么的？"

老蒋刚要说话又咽了回去，走到门口提起垃圾袋，道："下周我们公司年会，你去看看不就知道了。"

"不想去，又是一群自以为是的家伙。"

"有美女的哦。"

"那又怎样？"

"好吧，下次迷路了不要给我打电话。"

方向感全无的我只能答应他："好吧。"

老蒋点点头，欲出门，道："好！你说的，我看你还出家门不？"

他误解了我的回应，我赶紧解释道："我说去！跟你去！"

老蒋提着垃圾开门出去，哈哈大笑起来。

自从我有了记忆开始，自己对于道路完全陌生，上小学的时候一旦父母不来接，自己就会迷路。幸亏隔壁家的一个哥哥，每天放学的时候领我回家。后来，父亲干脆把家搬到学校的隔壁，从初中到高中，两次搬家，累坏了父母。不知为何，自己无论如何都记不得走过的地方，总是感觉到处都是一样的高楼大厦，一样的街边建筑。

可能因为这个原因，每次来到一个陌生的地方，身体都会出现毛病。一连几天，我都在浑浑噩噩当中度过。大脑没有任何用处，全身上下每一处都不对劲。就如同身体的所有器官以及骨头换成了别人的一样，大脑也被人强行输送进莫名其妙的东西。思考任何事情都不能走出个所以然来，干任何事情都干不好。感觉我只剩了之前所有的回忆，而现在的我已不是我。不免惊叹陌生的力量竟会如此强大，连我自己从头至尾也成为陌生。自己毫无办法，只能静静地等待身体缓慢地适应新环境。

大概快过去一周的时间了吧，因为老蒋还未带我去他们公司。在这段时间里，自己连日期都不记得，只能以此判断。身体终于完全无恙，我搬着椅子拿着书来到阳台，刚看了两页，就无心再读。举目望去，好一个暗阴的天空，如枯骨般的细云交织在整个天空中，温暖的太阳速度极慢地在空中移动。新楼建筑工地的机械声嘈杂不堪，街道上人们的说话声忽远忽近，后边森林中的鸟鸣不绝于耳。我放下书，躺在椅子上静静地感受着这里的一切。

俄尔，包围着我的声音开始逐渐减小，我越发努力地凝神细听，声音减小的速度就越来越快。最后，万籁俱寂，只听见我微小的呼吸声和心跳声。于是，问题一个一个出现在我的面前。我为何又来到另一个陌生的地方？莫非此处真有我所寻找之物？可是，对于我所寻找的东西，连我自己都不甚清楚。如果抛开所有缠绕着我的问题，我又以怎样的目的存在于这个世界呢？

罢了罢了，尽管由它去好了，我只消静止不动整装待发，待到合适的时候奋起出击。对，现在还不能动，还未到时候。

## 02 ///

　　整整一周后，老蒋公司的年会顺利召开。前一天晚上，老蒋没有回来，只给我打了电话说第二天下午五点左右在家里等他，他带着我过去即可。

　　由于身体已经恢复，我把还没读完的《孤独旅者》再次翻开，此次阅读畅通无阻。中午吃了一次午饭，到下午三点多时，已经阅读完毕。我想出门去书店看看有无可买的书，可一看时间还是作罢。睡一觉也未尝不可。

　　老蒋回来时已经五点一刻了。我醒来后简单洗漱了一下，就跟他下去，在路边拦了车，老蒋跟司机师傅说了酒店的名字。车向着市区的方向开去。

老蒋掏出烟给我一根，自己点着说："其实我也不喜欢这种场合，里面的人群，谈话的方式，完全不喜欢。"

我看着窗外点着烟，说："那就不要去了啊。"

老蒋深吸了一口烟，也看着窗外，说："可是不行啊，我们活在这个社会，不论它怎么样，我们身处其中，有些事不可能因为我们的不喜欢就否定它。"

"诚然，你讲得非常正确，我们不能因为自己的喜好而对一个事物妄加批判。"

"你也不能总将自己和这个世界隔离起来，踏出这一步吧，容易得很，跟抽了一口烟一样。任谁都不能像你现在这样活着，这个世界不允许的。"

我将烟蒂扔出窗外，把身子蜷缩在座位上，思索了半刻说道："是的，踏出这一步，相当简单。而且你不用担心，我会踏出这一步的，只不过不是现在。一切还为时尚早，我还在等待，等待着踏出这一步前需要的东西。"

"也许你可以提前踏出去。"

"不行，我这人对做什么都没有信心，要是现在就踏出去，势必导致之后的事情全都一塌糊涂。"

老蒋将烟蒂扔到窗外，说："你这人也是固执得可以。"

我试图解释道："这也不是固执所致，我只是觉得任何事情都必须按部就班，一样接一样地继续，不能乱了节奏。"

老蒋转过身，看着窗外，不再言语。

进入市区后，车速明显慢了下来。街道上的人群逐渐增多，各个店铺为了招揽客户而放的流行歌曲震耳欲聋，道路上的车辆排起了长队。乘坐的出租车终于挤了过去，绕过一座大厦，停在了一座富丽堂皇的酒店门口。

老蒋带我进入酒店，耳边正响着马斯卡尼的《乡村骑士》，我不禁感叹，果然是上流社会出入的场所。看起来酒店的一层宴厅已被老蒋公司包下，里面到处站着西装革履的人，聚在一起有说有笑。我和老蒋刚坐在靠门口的一个桌子边，就有位约莫四十岁左右的男人笑嘻嘻地跑来拉走了老蒋。

两个人走到一边，那人刚说了几句，老蒋顺势接上，滔滔不绝。不一会儿，俩人的周围不断有人围向他俩，都在认真地听着老蒋的讲话，而且无一不露出佩服的表情。

忽然一行五人走过来坐在我旁边，有三人应该同我一样是被朋友拉来。一个看起来还很稚嫩的小男孩自始至终都低着头玩着手机，坐在我正面的年轻女孩一直在提醒着男孩不要离手机太近会影响眼睛。我猜想他们俩应该是姐弟，坐在女孩旁边的两个年轻小伙不一会儿就离座和一些人攀谈了起来，在她另一边的女孩用好奇的目光看着周围的一切。此时已经听不见酒店音乐的声音。

看着眼前的一切，我充满诧异，为何一群素不相识的人初次见面就可以无所顾忌地相谈甚欢呢？

时间已到七点半了，高潮来临，公司领导上台讲话并颁奖。我已经感到饥饿，无力再关心他是不是领导。期间老蒋多次被人唤去，一会儿又回来坐下。我看着眼前的食物却不能享用，决定还是避开不见为好。于是我将一只胳膊搭在桌上，支着额头用装作低头玩手机的姿势睡了起来。

我醒来时终于到了宴会的最后一项——吃饭。先前玩手机的小男孩已经狼吞虎咽，其他人都彬彬有礼地吃着。我很想和那个小男孩一样，放开手脚大吃特吃。可因为和不认识的人同在一张桌上吃饭，还是规规矩矩一些才对。到最后结束时，自己都没有多少食物下肚。

老蒋因为还有事情，于是我独自打车回家。

跟司机说了小区名后，他就胸有成竹地发动车子。司机嘴里叼着烟，熟练地换挡、加速。路上空无一人，偶尔有一辆车呼啸而过。车载收音机里的夜间广播正播放着邓丽君的《漫步人生路》《再见我的爱人》，陈秋霞的《点解》《偶然》。我把自己深陷在后座中，通过车窗看着外面渐次闪过的立在公路两旁的路灯，听着这些比我年龄还要大许多的粤语歌曲。

司机忽然把烟蒂丢出窗外，自言自语道："多么令人怀念的宝丽金时代啊。"

广告时间一到，司机立即关掉了广播，除了汽车发动机的声响之外别无其他。

突然，我很想喝啤酒，于是坐起身来，注视着窗外，看是否能找到商店。运气不算太坏，刚拐过一个弯，一个小区大门口就有一家便利店在营业。我叫司机停下车来，抬头看了看周围。不远处工作的塔吊旁的探照灯摇摇晃晃，我想，要赶回家，依着塔吊处走去应该没错。于是我当即决定走回去，便付了车费，又在便利店买了六瓶罐装啤酒和一些零食，打开一瓶，边喝着边向着塔吊的方向走去。

我不会讲你知

其实是第几次

和他相见

应否叫作外遇

对他有些意思

甚至想过明晚独处

……


　　顺着吴雨霏的歌声看去，着实让我吃了一惊，一位穿着白色羽绒服的女孩正坐在马路牙子上。她双手抱着腿，头埋在膝盖上，短发盖住了整个脸，在哭泣着。她头顶上空衰老的路灯一闪一闪，似乎马上就要寿终正寝。我看了看街头和街尾，没有一个人影。


　　《告白》再次响起，她掏出手机一把摔在了地上。
　　至今我都不知是何种力量促使我走到她的身边，并坐在了她的身旁，把所有的啤酒都取了出来放在路边。她察觉到了我的到来，没有说话，只是呆呆地看着眼前的啤酒。我再次看看周围，仍然没有人影。
　　她擦了擦眼泪，毫不客气地取出一听打开喝起来。
　　我坐在她的身边也喝了起来。
　　她举起啤酒，我和她碰杯。当她仰起头喝酒的一瞬间，她的整个侧脸在昏暗的灯光下呈现在我的眼前。这时候，我已被她的侧脸深深迷住。多么漂亮的侧脸。陡然间我就对她怦然心动。我就这样木讷地举着啤酒在半空看着她的侧脸，她似乎察觉出了我的异样，又碰了一下我手中的啤酒，我反应过来，沉默地喝起来。

夜空中没有月亮，只有星光点点，显得身单力薄。周围出奇地寂静，只能听见我俩喝酒的声音。我一直看着她，每当她扬起头喝酒露出侧脸的时候，我的心里不免为之一振。她低下头，短发就会盖住脸颊，我才喝起酒来。

从头至尾俩人没有一句对话。

其实每个人都想着能在某一天于大街上捡到一位绝世好友，让毫无意义的一天，在余生中难以忘记。可是这种事往往是不正确的，因为能够让你记住一生的人，绝对不会是你身边的人。

酒被我俩尽数喝光，她站起身朝我刚来的方向走去，我则朝塔吊的方向走去。

翌日醒来已经十点，可能因为昨天晚上没怎么吃饭又喝酒的原因，身体出现了前所未有的虚脱感。我拖着如残壳般的身体迅速洗漱了之后，赶紧下楼吃饭。可是身体的无力感总让我感觉每走一步下一秒整个身体就会瘫倒。我步履蹒跚地艰难前行，走到餐馆时，额头与脊背已渗出了不少汗水。我要了两个油饼、一杯豆浆和一盘凉拌茼蒿，吃完后坐在那里休息了一下，体力多少有点恢复。

回到住处后，我立即躺在了沙发上，深深地陷入了沉思中。我该想些什么呢？我那味同嚼蜡的往昔中到底有什么值得回忆呢？不由得我想起了老蒋对我说的那句话——也许你可以提前踏出去。

也许在上海的那段时间还算过得去吧，也只有上海了。突然，钥匙撞击锁簧的声音将我拉回了现实。门被打开，老蒋手中提着一个小型旅行包走了进来，后边跟着一个妙龄美女。

我旋即起来，接过老蒋手中的包，握住他的手说："好久不见，甚是想念啊。"

老蒋一把甩开我的手说："滚你的，昨天还一块儿吃饭呢。"

我将包放在餐桌旁边。

老蒋取下女孩背的双肩包和手中提的菜，说："这是阿千。"

我走到阿千的身边，握着她的手说："你好，总听老蒋说起你。"

阿千礼貌性地笑了笑，说："彼此彼此。"

老蒋将背包扔在沙发上，然后提着菜过了厨房。

阿千穿着黑色的帆布鞋，蓝色的塑身牛仔裤，上身裹着黑色的呢绒大衣，围着红棕相间的围脖。可能因为刚刚背着东西上楼的原因，她的额头上渗出了些许汗水。不久，她的脸上就出现起红晕，我这才发觉自己一直握着她的手看着她。

于是我急忙松开手，让她坐在沙发上。

阿千取下围脖放在茶几上，解开大衣领口的两颗扣子。她似乎有些尴尬，不停地用手捏着手指。片刻后，她就跑进厨房欲帮老蒋做饭，可老蒋让她只管回来等待就好，她只好返回又坐在沙发上。

我点了根烟。

阿千说："听蒋说你喜欢看书？"

"无聊的时间太多了。看书，既不影响他人，又对自己有益。"

"你可喜欢《三个火枪手》？"

"中意至极！"

"读到波那雪太太康斯坦斯死亡之时很伤心吧。"

"伤心到一塌糊涂。"

"我可是实实在在地趴在被窝里哭了一晚上呢。"

"我还不至于。"

之后我俩陷入沉默，阿千继续捏着手指，我则一声不响地抽烟。时间在此时多么难以度过，就好像被无限拉长了一般。

突然，阿千小声地说道："尴尬的沉默。"

"嗯。"

"我不喜欢。"

"哦。"

阿千突然起身说道："我现在去烧水泡茶，这段时间里我俩都想一下，等会该说些什么，可好？"

我将烟蒂摁灭在烟灰缸内，说："没有问题。"

随即她便转身，边走边说："要好好想哦。"

阿千烧水泡茶的时间里，我完全没有想我们接下来该说什么。我的思绪已经停留在了这座房间，冲不出去。

阿千端着两杯茶从厨房里走出来，询问我是否想好了该说什么。

我说道："将米莱狄押到我俩面前，狠狠地用酷刑折磨她！"

阿千不禁笑了起来，将茶放在茶几上，然后坐了下来。"不如这样吧，你讲一讲上海吧，可以吗？"

我又点了根烟，自言自语道："上海啊……"

于是我接着刚才的思绪又回忆起上海来。

上海，这座阳光降临中国最早的城市之一，到处都是高楼大厦，满眼全是被生活逼迫着的人群。每一寸地方都充斥着欲望、金钱、地位、品牌，而这些无一不演变成失望、贪婪、可怜、可恨，等等。但人们却乐在其中，尽情地享受着这种几近变态的快感。于是，繁华闹市被演绎得五彩缤纷，内心世界变得极端现实，所有的东西都被标上了价码。就算如此，就算有人清楚地知道这一点，还是不足为怪，还是有大量的人拥进这座现代化的不得了的都市。

人一旦在那里待久了，以前绷得紧紧的精神全部会松懈，变得随波逐流人云亦云。再过段时间，以前嗤之以鼻的人群统统都会成为自己努力的目标。这种循环逐渐变得越来越严重，最终成为那座城市的特征。

不知为何，我无论如何都无法适应那种地方，觉得还是离开为好。可因为有些事情不得不留下来，所以就跑到郊区一座安静的住宅里租了房子。

老蒋要比我早到上海一年多的时间，而且一直住在那里。据老蒋所说，在我之前，有一个漂亮的女孩曾住在那个房间里。他发现女孩所住房间的另一边的男孩喜欢这个女孩，经常找机会和女孩说话，早晨还瞅准时间跟人家一起出门。女孩渐渐也喜欢上了那个男孩，可就在我搬来之前，女孩突然不辞而别，没多久男孩也搬走了。老蒋说那女孩也对男孩有好感，可能因为一些原因导致他们不能在一起吧。

那时我才知道，爱情已经逐渐在人们的心里变得不再那么重要了。

于是，我就住在了老蒋的隔壁。楼层是三楼，所以还挺方便的。我因为还没吃惯上海的食物，所以有时会买一些菜，回家来做自己想吃的东西。虽然自己对做菜不甚高明，但从小吃到大的食物还是会做的。厨房和卫生间是共用的，但是我发现除我之外，没有一个人自己做饭吃。一个人吃的饭菜，经常会做多了，吃不完，剩下的只能丢掉，真是可惜啊。

说我的房间是世间最简单的房间也不为过，里面只有一张床、一个衣柜、一台电视机，仅此而已。而老蒋的房间就与我的大相径庭了，首先他的房间要比我的大出许多来，除了我房间有的三件物品外，他的墙角还有一个写字台，床边还有床头柜。写字台上放着电脑，床头柜上经常摆着一些唱片。四面的墙壁上经常贴着大型海报，我所见过的就有阿尔卑斯山脉、奥黛丽·赫本、富士山、老鹰乐队等好多、世界著名景点以及人物，而且还会不时地更换。老蒋的房间最得意之处当属他的阳台了，上面放着一张垫子，以及一个小型的漫步者组合音响。我还未和老蒋认识时，经常可以在我的房间里听见他放的老鹰乐队的《加州旅馆》，我想听这种歌曲的人应该还不赖吧。

如此，他已在我的心目中留下了好印象。

上海留给我最深刻的印象只有夏季的倾盆大雨了。下雨之前狂风怒号，风大得真的让人无处藏匿，只能乖乖回家，有些商铺都大门紧闭，那时候，街上满是赶着回家的人群。一阵电闪雷鸣之后，雨在大风的作用下迅速降落在大地上。有些雨点打在人身上，真叫疼啊，打得脑袋中的都有。一下起雨来，除了公路上的一些来来往往的汽车以外，已经难以寻见人的踪迹了。

打伞根本没有用，伞会被大风吹得即刻变形或者抓不紧被吹向天空。这种雨天，我是根本不敢出去的，害怕被雨点打得满头是包。所以干脆就待在家里，反正我的工作时间非常自由，虽然规定每天都得去一趟，但偶尔不去也不会被追究。大雨的时间说不准，有时才十几分钟就草草了事，有时要整整下一天。所以每次大雨到来之前，我都提前买上至少一天的菜回家，以防被困在家里饿肚子。

有一次我正在做吃的，老蒋打开门冲着我说："哇，很香啊。"

我愣愣地看着他。

他走到我跟前，说："在下雨天吃烩菜最好了，不知可以和你一块儿享受美食吗？"

于是我将买来的菜统统洗净下到锅里。

老蒋忽然说："应该再来点酒就更好了。"

"我这儿没有任何酒水。"

老蒋挠挠头，说："哎呀，我那儿还有点，不过太少了。"

"不喝也行吧。"

老蒋突然向外面走去，叫道："我去买吧！"

话一说完，他就穿着短袖短裤，趿拉着拖鞋出去了。

烩菜做好的时候，老蒋刚好回来。那情景，简直无法形容，他全身上下没有一处是干的，人被风吹得瑟瑟发抖，头上的水滴不断地向下流着。

老蒋将啤酒递到我手中，冲进卫生间淋了浴。


然后我俩把东西全部拿到他的阳台上，吃着烩菜喝着啤酒看着窗外的大雨。

我们的房东是一个行为非常怪异的四十多岁的上海家庭主妇，而老蒋却说她是一个被人抛弃的可怜女人。她隔个两三周就会跑来检查，每次检查的东西总是一模一样，厨房的锅碗瓢盆，卫生间的淋浴器与马桶之类的。而且每次来总会叫老蒋收拾掉他门口的啤酒瓶，从不遗忘。这些进行完，我们都以为她走了，谁知她还在房间里。因为是周末，多数人都在房子里。房东就悄悄地趴在每个人门口处听我们正在干什么，有好几次还被我撞到了。我刚从外面回来，就看见她贴着一个住户的门口，大气都不出地听里面的动静。一看见我回来了，尴尬地笑一笑，又重新检查起刚刚检查过的厨房。

有一次，我在老蒋的房间里和他讲了房东这种奇怪的行为，老蒋正在哈哈大笑着。突然房东一把推开门，她未说话，环顾了一下老蒋的房间，当她看到墙上玛丽莲·梦露的海报后，脸色变得铁青。

阿千嗷嗷地笑了起来，道："就是那张裙子飞起来的？"

我点点头，道："除了那张也不会有别的了嘛。"

阿千说："房东那时候肯定以为你俩是很黄很暴力的一丘之貉。"

我喝口茶，道："房东板着脸对老蒋说：'你以后再不及时收拾你的酒瓶，就别住这里了！'然后摔门离开，留下我和老蒋面面相觑。"

阿千伸手拢了拢耳边的短发，我继续抿着茶。

这时老蒋端着电饭煲出来放在餐桌上，说道："吃饭了。"

我和阿千起身，她把茶水端去厨房，我帮着老蒋盛饭。等待阿千重新换了茶，端出来后，三人开始吃饭。菜肴很丰盛，有青炸小虾仔、红烧土豆、酱油焖茄子、细肉炒蒜薹、紫菜鸡蛋汤，老蒋对于做菜还是蛮有一手的。

阿千拿起筷子说："还真被你说饿了呢。"

老蒋看看我俩，说道："说什么了？"

我刚要开口，阿千却抢先说："说你的事咯。"

老蒋不屑地夹菜，说："我有什么好说的。"

三人沉默地吃着饭，我由于刚刚吃过不久，所以还不太饿，只是挑拣着桌上的菜，没有吃米饭。阿千和老蒋看起来饿坏了，俩人不声不响地都已经吃完了一碗饭。

阿千突然问我："你打算去他的公司上班吗？"

我如实回答："应该不会。"

阿千接着问道："为什么啊？"

我放下筷子，说："可能我不适合做那种工作吧，完全是我个人的原因。"

阿千夹了块土豆，问："那他公司是干吗的你知道吗？他一直没跟我说过呢。"

我说："这个……"

这时，老蒋放下了筷子，大口喝了口茶，说道："很简单，一群被金钱逼疯的人穷尽各种手段向所谓的上流社会兜售物品。看似和谐的同事或朋友之间充满了机关算尽，阴险奸诈，时时刻刻得提防每一个人，客气融洽的关系背后全是心胸狭隘、唯利是图。所谓的上流社会全是一群沽名钓誉之徒，他们自以为高等学府、资产雄厚、美人别墅就是所谓的上流社会，其实统统是下流。"

我接着老蒋的话说道："要与这些人打交道，就必须使自己不露声色地凌驾于他们这种上流社会之上，却不能看不起他们，他们当即就会对你产生崇拜感。"

阿千放下了筷子，目瞪口呆地看着我俩。

老蒋点着烟，说："完全没错！他们这些人，自恃拥有大量资产，就瞧不起那些拜金者，可翻开他们的历史看一看，哪一个不是拜金者？你要是为了金钱和这些人打交道，他们即刻就会看不起你，还说什么你没有内涵，一个彻头彻尾的无脑拜金主义。拜金有什么错？他们也是为了生存。他们付出巨大的努力，想要获得更多的金钱，我无论如何也想不出这到底有什么错。倒是那些人，成天什么事都不用做，到处胡吃海喝，还使劲往自己的身上贴满各种文化标签，着急地向世人证明自己是个文化人，不是暴发户。可笑至极！"

我点了根烟，看着阿千显出一副不可思议的表情，我不禁笑了一下。

阿千抿了口茶，说道："这种工作确实不好做。"

我点点头，起身走到厨房提来茶壶给三人添了茶。

老蒋深吸了一口烟，说道："我是故意叫他去的，他这人，现在需要彻底地和各色人群打交道。"

我坐了下来。

阿千面对我说："他这人总是这样自以为是。"

我将烟灰缸放在我和老蒋的中间，道："确实，老蒋是为了我好，我也有这种需要。只是我拒绝的具体原因是我现在还不能够做好，我现在还需要一些东西，才足够让我去应付这个社会。也就是说，在这种东西未来临之前，对于我应付人类的技能，我还不是很满意，自然就做不好这件事。而且不光是这件事，有可能很多事做起来都会有负众望。"

老蒋将烟蒂摁灭在烟灰缸，说道："你这人我多少已经了解了，这些都是由于你的不自信而导致的。你本来可以是个很霸道强势的人，可这种不自信，会让你变得唯唯诺诺缩手缩脚。如果能放开自己，怕是比好多人都要厉害。"

阿千说："你倒是很放得开自己了。"

老蒋摇摇头："我只不过比他更清楚自己所拥有的与想要的东西，并且会不顾一切地为之努力，施展自己的才能得到想要的东西。"

阿千提高了嗓门，说道："你清楚自己，未必就清楚别人。"

老蒋抿了口茶，说道："我也没有强求，只是觉得会对他有帮助而已。"

阿千似乎有点生气，想站起来。

这时老蒋的手机响了起来，老蒋起身走进厨房接听电话。

阿千沉默地看着眼前的碗筷，似乎在思索着刚才老蒋说的话。

我把烟蒂摁灭在烟灰缸中，感到喉咙间有些干涩。于是去厨房拿了碗，舀了些紫菜蛋汤喝了起来。

老蒋接完电话后回来，说道："我有点事，得先走了。"

阿千有点气愤地说道："去吧，去用你的才能得到那些你想要的东西吧。"

老蒋穿起大衣，说道："你现在需要回学校的话，我送你回去吧。"

阿千已经有点不耐烦了，说道："不需要了，可以让小莫送我回去。"

老蒋走到门口，向我点了点头。

我说道："你放心吧。"

老蒋走后，我和阿千一直坐在餐桌边沉默。期间，我抽了两根烟，喝了一次紫菜蛋汤。阿千则一动不动。

"收拾吧，不能全留给你打扫。"

说完，阿千便起身将桌上的碗筷整理在一起，端进厨房。我喝完最后一点紫菜蛋汤，把剩下的餐具也拿进厨房。阿千卷起袖子，流畅地将所有的碗筷和锅铲清洗干净。我站在她的旁边，用抹布把餐具全部擦干，归整在橱柜里。她一直低着头，短发遮住了整个脸颊，好几次我都想伸手帮她把头发拢到耳后。

洗完餐具后，我和阿千又沉默地坐在沙发上一起喝茶。

一壶茶刚喝尽，阿千就围起围脖，说："我该回去了，可以送我一下吗？"

我穿上羽绒服，说："当然可以。"

我和阿千出了小区后，我刚想叫车，却被阿千拦住。

"我想走一走。"阿千相求似的歪着头说。

"陪你就是。"

阿千向学校的方向走去，说："不好意思啊，第一次见面就让你送我。"

我跟着她的脚步，说："不会，反正我现在是闲人一个。"

街道上的人群都在紧张地赶路，或手中提着东西，或两人并肩攀谈着看起来重要的事情。举目之内，只有我和阿千是无所事事地在街头闲逛。路过学校，可以听见里面隐隐约约有学生朗读课文的声音。

阿千将大衣裹紧，用围脖把大半个脸都遮了起来，把双手放在嘴边，边哈着气边说："今年的天气可真是着急，才刚到'小雪'就这么冷了呢。"

我点点头，继续听着学校里面的朗读声。

走过学校是一个公园，阿千走了进去，我上前与她并肩前行。

"他倒是对你挺不错的，那人连我都不会来了解的。"阿千看着公园里的景象。

　　"我知道。"

　　"你们俩肯定有相像的地方。"

　　我将双手插进羽绒服的兜里，说："我们是彼此唯一的朋友。"

　　"这句话倒是跟他说得一字不差呢。"

　　两个人走到人工湖时，阿千停了下来，似乎在周围寻找着什么。

　　湖对面有一对情侣正坐在长椅上窃窃私语，有几位耄耋老人慢悠悠地正准备离开湖边，公园里除了我们，似乎再无人迹。

　　阿千突然跑到湖的另一边，在树底下挑拣起鹅卵石来。她仔细寻找到了一块扁平的鹅卵石，走到湖边侧弓着身子，迅速地将鹅卵石扔了出去。鹅卵石在水上弹了四下，足足飞出了有将近十米远。

　　我大声夸赞："酷！"

　　阿千不好意思地笑了笑，然后又去树底下挑拣了些鹅卵石，给了我两个，说："小时候最喜欢玩这个了，女孩子嘛，不能像你们那样到处惹是生非，只能待在家里。正好家附近的公园里有一洼池塘，所以没事就跑去打水漂，技术很不错呢。"

　　我接过鹅卵石，说："我可没有惹是生非。"

　　阿千做好姿势准备扔出石头，却哈哈大笑起来："你这人，可爱得很嘛。"

我把手中的两个鹅卵石学着阿千的模样扔在水面上，但不甚理想，两次都吃力地在水面上弹了三下后就匆匆沉了下去。我只好就此作罢，在一边帮阿千垒着石头，一边看着她潇洒地将石头抔在水面上。阿千越来越起劲，一连三次都在水上弹了七下，有一个竟飞到了湖对面的苇边。其中一次，阿千欲将大衣的领口扣子解开，却因用劲稍大将纽扣扯了下来，阿千捡起来，却发现扣眼儿都已经断了，于是将它扔在一边。我趁她不注意时捡起装进兜里。

　　我自小开始就有一个集物的嗜好，把人们丢弃的一些东西收集起来，隔些时间就会翻出来看一看，就会想起那时的那些人和自己。初中毕业的时候，以前的收集箱被母亲误以为是无用的东西全部给扔了。高中开始后，只能重新买了一个收集箱，重新开始收集。现在里面放着同学用坏的"zippo"打火机；同桌的自动铅笔；语文老师不要的手机保护套；老蒋在上海时丢弃的诺基亚E63型手机；在网吧上网时，在桌子上捡到一个自发现到现在从没有走过字的迪已士手表。

　　现在又多一个阿千的衣扣了。


　　阿千把围脖拉了下来，站在我旁边稍休息，说道："喂，你还没有女友吧。"

　　"恩。"

　　"给你介绍个我们学校的漂亮女孩咯。"

　　身体慢慢热了起来，我把羽绒服的拉链向下拉了些："怕是不合适吧。"

　　阿千将围脖松了松，可以看见她的额头已沁出了不少汗珠，说："难道你有喜欢的人？"

我从兜里掏出纸巾取出一片递给阿千说："没有。"

阿千接过纸巾，疑惑地看着我说："那为什么呢？"

"至少现在还不能。你看我，高中未读完就出去打工，到现在仍一无所有，为人处事都不够尽善尽美。现在还因为一些不可名状又非常重要的原因陷入了迷茫之中。这种时候，谈了恋爱，怕只会对彼此造成伤害。再者，一直以来我对于爱情这件事一窍不通，最后恐怕会辜负了你的好心。"我把目光转向了别处。

阿千把手中的石头全部扔到了地上，用双手将纸巾摊开，又整齐地对折了两道，擦了擦额头上的汗水，向湖边的小道走去。

我再次掏出了纸巾，取出一片，准备给她。

阿千把围脖取了下来，拿在手上。

"你不用这么担心的，其实每个人对爱情都一窍不通呢，大家都是在恋爱中才渐渐认识了爱情。而且我觉得你这种时候就应该找个恋人，有什么烦心事、开心事都可以对她说。可能有些事还是不能如愿解决，但好歹有个人愿意倾听同时也愿意了解自己，你就会觉得自己确实真实地存在着。"阿千一边擦着汗水一边说。

"我想还是等等吧。"

"莫非你真的有喜欢的人？"

我摇摇头，将手中纸巾给她，与她并肩准备从公园另一个出口出去。

阿千说道："让我猜猜哦，你喜欢的女孩对另一个男生死心塌地，可现在那个男生和她出现了问题，于是你觉得你的机会终于来临了。因为你喜欢她很久了，始终认为她就是你的唯一，是不是啊？"

"……"

"哈哈。"

走到路口，阿千不经意地将头发拢到了耳后，我环顾着左右过往的车辆。突然，我的心为之一振，这侧脸跟昨晚令我心动的侧脸如此相像！此时，我的大脑一片空白，死死地看着阿千的侧脸。

过了路口，阿千走到垃圾桶旁，将手中的纸巾扔在里面。转过身看着我，疑惑地说："哎，你怎么了啊？看起来这么紧张。"

我难以遏制心中的激动，说："你的侧脸好漂亮。"

阿千害羞地笑了笑，说："哈哈，说这话的，你还是头一个呢。"

"事实如此嘛。"

"是夸我咯，也蛮不错的。"

我俩并肩沉默地在路边继续踱步，我一直看着阿千的侧脸，她不时害羞地转过脸看看我，说："你这人，一直看，怪不好意思的。"

"哦，对不起。"

阿千长舒了口气，说："谢谢你了，和你待在一起，倒是轻松得很呢，我该回去了。"说着阿千将围脖重新围了起来，再次遮住了脸，"我就在这坐车回去了。"

我看了看周围，陷入了迷茫之中，说："可是我不知道我回去的路。"

阿千捂着嘴笑了笑，说："真是的，先送你回去吧。"

我与阿千拦了车，司机先送我到小区门口，然后载着阿千向远处驶去。

走在路上，我与老蒋通了电话。

老蒋那边有明显的嘈杂声："喂喂，阿千回去了？"

"恩，回去了，你？"

"我这达真的有点事，没生气。"

电话那边有人喊老蒋的名字，我和他道了再见就挂断了电话。

回到家后，我躺在床上，再次想起令我为之倾心的侧脸。我为何会因为那张侧脸激动不已呢？不知昨晚遇见的那个女孩是不是阿千？如果是，她又为何在深夜独自哭泣呢？阿千出现在我的生命又有哪些非同寻常的意义呢？她是否与我久久寻找的东西有某种关联呢？似乎我已逐步踏入解决之道，那么我又该做些什么呢？一切都成了问题，罢了罢了……

忽然间，睡眠侵袭了整个身体。

*03* ////

　　十二月初，气温又降了好多，没有必要出门的时候，人们统统都缩在家里。我本来盼望着可以再次看见雪，可听老蒋说这里从未下过雪，未来下雪的概率也几乎为零，让我不免失望了起来。

　　在小区旁边那家超市购物时，我看见了他们的招聘信息，于是就前去应聘。工作相当简单，只是需要把每天送来超市的货物卸车，再和仓库管理员一起清点货单，最后根据要求将每层所需货物送去摆在货架上即可。和我经常在一起工作的仓库管理员被大家唤作"余叔"，今年四十一岁，妻子在商业街上开了一家餐馆，女儿在小区隔壁的学校正在读初三，此时我才知道那所学校是初中。

　　余叔整天端着一个大水杯子，里面泡着浓茶，穿着蓝色的工作服戴着眼镜，碰见谁都笑嘻嘻的。刚开始工作的那几天，我经常把货物清点错，而且因为方向感先天缺失屡次在送货物去货架时迷路。余叔不急不气，教给我好多清点货单的方法和窍门，令我大开眼界，自己从不知在小小的列单上面竟会有如此多的学识。他还特地为我画了一张简单易懂的超市货架平面图，并且说自己对超市的货物排放位置讨厌至极，要是他来设计排放，不仅让送货去的人畅通无阻，还可以让顾客轻易地就会找到自己想购买的东西。每次闲下来的时候，我和他坐在仓库中，俩人抽着烟，抿着茶水，听他讲着这些，觉得非常有意思。

　　每天早晨八点半上班，那时基本都会有货车拉货来，所以刚上班一直到十点多是最忙的时候。中午吃完饭后，就要早早地按照各个货架的需要从仓库取货出来送去。下午三四点左右后，我和余叔就基本没事了。

　　中午我一般都在附近买来快餐，在仓库吃完后休息一会儿，就开始工作。余叔得知后，邀请我去他家吃饭："成天吃这个可不行啊。"

　　我无奈地说道："回家也是一个人，做起来反倒麻烦。"

　　余叔换了工作服，说："走，去我家，正正经经地吃顿饭。"

　　"还是算了吧，怪不好意思的。"我婉言谢绝。

余叔整整衣服，说："这有个啥嘛。"

"这都买了，还是算了吧。"

余叔叹口气，闷闷地走了。


第二天，余叔提前回家了，快下班吃饭时他提着一些菜和米饭回来，说："来，臭小子，尝尝我老婆的手艺。"

我搬来桌子和凳子，余叔把饭盒全部放在桌子上，一一打开。

"一看就让人食欲大增啊。"我赞叹道。

余叔得意地笑了起来。

因为一直都靠快餐应付了事，一碰见可口的饭菜，我便狼吞虎咽起来。余叔慢慢腾腾地边吃边看着我，说："我像你这么大的时候啊，也一个人在外面打工。"

我继续吃着，点点头。

"那时候，可真是连个说话的人都没有啊。"

我抬起头，问道："是在这吗？"

余叔放下了筷子，点了根烟，说："不是。小时候家里穷，孩子又多，父母早早就让我到工地去做事了。那时候正长身体，每天还拼死拼活地干活，经常吃不饱啦。有一天我就去找灶工，没想到是个跟我一般大的女娃娃。我和她三言两语就吵了起来，她被气急了，把手里的一瓢开水直接向我泼了过来，差点烫死我！"

说着余叔将袖子卷了上去，从手腕以上到胳膊肘处都是被烫伤的痕迹。我起身看了看，他又将袖子拉了下来，说："可是世事无常啊，谁能想到，那女娃娃最后成了我的老婆。”

这时余叔思索着哈哈大笑起来。


下午的空闲时间实在太多，于是我又再次翻起了和阿千不久前刚谈起的大仲马的《三个火枪手》。我又一次成了达尔大尼央，来到巴黎结交了既勇敢又幽默的三个火枪手——阿多斯、波尔多斯、阿拉密斯。在意外中救出波耶雪太太，并被她的美貌深深迷住，发誓自此对她忠诚不已。自告奋勇与三位伙伴去英国帮助王后安娜取回钻石坠子。之后又深陷在红衣教主设下的米莱迪的美人计中……我太激动了，我需要他们，需要三位勇敢而忠诚的朋友，来帮助我冲出重围。

余叔翻翻我的书本，说：“小伙子，不错嘛。”

“下午的时间太无聊了。”我如实回答。

“唉，我这辈子啊，是看不了这种东西了，本来就不认识几个字，而且一翻开书本，就跟看见天书一样。”

我掏出烟递给余叔一根，说：“其实，这样反倒还好，读得越多就知道得越多，知道得越多欲望就越多，欲望往往是烦恼的根源。”

余叔点着烟，思索着我刚才的话，说：“我嘛，也不懂这些，不过倒挺喜欢书里面的故事。我女儿喜欢看书，有时间了就让她给我讲讲，听着也有意思。她呢，老是闷在家里看书，有时间也会出去玩，但不像其他孩子那样一玩就忘了时间，不知道回家。前不久让我给她买鲁迅的且……且什么书来着？”

“《且介亭杂文》。”

"对，就这个，读完后对我和她妈说，'鲁迅写的书还挺有意思的呢。'"

　　我自己也点了根烟，说："比我强多了，以后肯定有出息的。"

　　余叔这时语重心长地说："我只希望让她做个普通人，从学校毕业以后，可以凭借自己的能力在这个社会上很好地生存。挣的钱不要太多也不能太少，工作虽不是很得心应手但也不是无法适应，通过努力总会完成。到了恋爱的年纪，就大胆地去谈恋爱。遇见自己想牵手一生的人了，就结婚生子。每天和丈夫孩子享受着生活中的小快乐，当然了，能多回家来看看我和她妈就更好了。哈哈哈。"

　　"你倒是和别的父亲都不一样，人家都想的是怎样让自己的孩子不普通。"

　　余叔气愤地说道："一群虚伪的家伙！我的女儿为何要苦苦追逐名利，做这些事的人多的是，头都挤破了。她能够做自己想做的事就好，无所谓卑贱。当然，她以后的人生还是要她自己来决定。"

　　"如今的父母都在教育自己的孩子怎样成为一个不普通的人，可他们长大之后却只能做个普通人，而且大多数连普通人都做不好。"

　　余叔深深吸了口烟，说："你小子，很有见解嘛。"

　　"我实话实说而已。"

　　"但却说得很准确啊。你看看现在的孩子，都被父母逼得快垮掉了。考试成绩不好要训斥，多玩一会儿就挨板子，就连看一看课外书都会遭殃。这样的孩子，长大之后就处处碰壁。虽然社会并没有一些人所说的那么坏，但他们却一直被隔离在这个社会之外，一旦进入，怎会不难受呢？"

我逐渐佩服起眼前这个四十多岁的男人，道："你比那些高等知识分子还要懂得教育是怎么回事，那些人嘴里说的全是狗屁。"

余叔把烟夹在食指和中指间，不好意思地笑了起来，说："我嘛，胡说八道了，打小没正经读过几天书呢。"

"我以后也可以给你讲书里的故事啊。"

"那多麻烦你呀。"

"反正下午的时间多得不知如何打发。"

"也可以。"

之后，下午的休息时间，我要是和余叔都没事的话，我就会给他讲一些以前在书里看过的故事。每次余叔听得都很认真，遇到重要情节或者高潮部分时，他都会深吸一口烟，然后紧紧咬着烟嘴。这种时候我都会背过脸不看他，免得控制不住笑出声来。好笑的还不只这个，我一旦细细描述有些男女爱情之事时，余叔好似一个大姑娘一样竟脸红了起来，不好意思地看着我笑一笑。也有些他觉得很值得细细研究的时候，就会打断我，自己一个人琢磨半天，然后说道："这书，你把名字给我，我买给我女儿看看。"

如此一来，促使我不得不加大阅读量。以前读过的书，以前想读又没读过的书，全部都整理出来，统统先囫囵吞枣地读过，等到给余叔讲的时候才和他一起品味起来。

我在菜市工作了以后，与老蒋照面的时间明显减少了。

我每天早晨起来去上班的时候，他还在沉睡当中；晚上他回来基本都已经十点左右了，身上带着浓浓的酒味，俩人说两句话就各自睡觉了，而且隔个两三天他晚上就彻夜不归。老蒋依然坚持让我去他所在的公司上班，可每次我都拒绝了他的好意。

有两次晚上做梦都梦见了阿千，醒来后全然不知是怎样的梦，只记得有她。她的侧脸一直在我心中徘徊，我自然很急切地想再次见到她，可总觉得未通过老蒋而独自见面有些不妥，便只好作罢。

有一次阿千兴冲冲地打来电话："这几天有空的话，和老蒋一起来我们学校玩哦，顺便还可以给你介绍女孩认识哟。"

"去倒是可以，认识女孩还是算了吧。"

虽然答应了她，但因为我和老蒋工作的原因，最终还是没能去成。

隔了两三天，下午下班了以后，我都会出门独自散步。从小区门口出发，走到公园里，在湖边转一圈，再从另一个出口出来，在路边等待信号灯，然后走到对面。再顺着这条马路直走一个路口后，左拐到一个工厂区。始终是一条路线，一来，我害怕自己走丢；二来，自己发现在这条路上行走的时候思考问题通顺了许多。此生，我想我不会走丢且走得最长的路应该就是这段了吧。

有时走得累了，就把大脑放空，去湖边捡一些鹅卵石，学着阿千那天丢石子的样子打起水漂来。刚开始的时候，还是不尽如人意。但扔了几天后，似乎掌握了一些要领，于是愈扔愈好，技术已经完全可以和阿千媲美了。有一次，一个小男孩也在湖边学着我的样子打水漂，但总不得要领，我看着着急，就大方地教起他来。

　　每次重新走过这条路，都会发生非比寻常又有意思的事。有一对花甲夫妻经常躲在公园湖边的树林中跳交际舞，被我撞见后，俩人尴尬地转过了身去。那天和阿千躂步时我并未发现此处有一座工厂，有一天我正站在工厂高墙外端详时，突然一个粉红女郎雷厉风行地爬上墙头。我俩都被吓了一跳。她下来后从兜里掏出一个口香糖递到我手上，并摆出恶狠狠的表情用大拇指蹭蹭鼻子，然后转身消失在街头。最搞笑的当属那次刚好碰到学生放学了，我在路口正等着红灯，一个小女孩的自行车车链子掉了，我自告奋勇给她现场修好，没想到我在路边折腾了半个小时，还是没有安好。最后我还是让她把车子推着回去了，小女孩走着走着回头还做了个鬼脸并说："讨厌鬼！"

　　现在，去这条路上散步也成为我的习惯。


　　圣诞节前一周，下午下班以后我跟往常一样，换了衣服和余叔道别后在超市里买了些蔬菜准备回家做饭。刚一出超市门口，就看见老蒋低头抽着烟在广场上来回躂步。

　　老蒋一看见我就迎了上来，说："等你半天了。"

　　"怎么？有事吗？"

　　"先跟我走再说。"老蒋说着就拉着我往路口走准备去拦车。

　　我喊道："菜，我买了菜，今天准备做饭呢。"

　　"走，放在家里，今天在外面吃。"

　　我和老蒋回到家里后，将菜放在了冰箱，然后和他一同出来。路上他一直沉默地抽着烟，我以为是阿千出了事，好几次想开口问他，却都强忍了下来。

在小区门口坐上车，老蒋告诉了司机去处，这时才开口："赚到钱了。"

我松了紧绷的神经，长舒了一口气。老蒋把玻璃打开，任风吹着自己的脸颊。

我心情平静了之后，掏出烟点着，说："怎么一副不开心的样子。"

老蒋见我抽烟，把玻璃关上了些，说："我努力工作得到酬劳，这是天经地义的事，有何值得开心的。"

"怪人一个！"

我继续抽烟，老蒋一声不响地看着窗外。车子在快进入市区的时候慢了下来，拐过几个弯，停在一家餐厅门前。

老蒋给司机付了车费后，就带着我进去了。一家装潢高档优雅的西餐厅，窗子上都拉着一层纱布窗帘，昏暗的灯光让里面的客人走起路来总显得小心翼翼。门口两排是用两米多高的木材隔离起来的许多独立餐桌，中间则是一些普通的桌椅。我和老蒋被服务员带到二楼，坐在靠窗的位置上。

因为刚刚过了六点，食客还不是很多，二楼只有一对情侣坐在墙角的位置边等着上餐边谈论着什么。我和老蒋将外套脱了挂在椅背上，服务员拿来了菜单。老蒋要了蜜汁三文鱼、意式乳酪沙拉、香炸猪排，我则点了土豆焗通心粉、罗宋汤，本来我想点红酒椒香烤羊排，可老蒋说一会儿要喝点烈酒，让我换一个。于是我又加了一份木瓜什锦沙拉，把羊排换成了茄汁肉丸焗面。老蒋跟服务员要轩尼诗V.S.O.P.，却没想到店内今天刚好没有。老蒋起身准备去附近购买，服务员刚准备开口对老蒋说话。

"给你开瓶费！"说着老蒋就走了出去。看来老蒋经常光顾这家店。

老蒋出去后，我跟服务员要了杯柠檬水，很快就端了上来。窗外暮色瞬然降临，餐厅的灯光逐渐亮了一些。街道上下班赶回家的人群络绎不绝，一辆BMW525Li型轿车驶到餐厅门口，一位服务员出去引导车辆停在停车位上。车上下来一男一女，服务员领他们进入餐厅。我一直看着楼梯口，那俩人没有上来，应该坐在了一楼。

服务员端来意式乳酪沙拉时，老蒋提着酒瓶赶了回来。

我看着已然被打开的酒盖说："这点路你都得先喝点？"

老蒋笑了起来，道："这世道，假的太多，买的时候当场打开尝了一口。"

"真的假的？"

"真的。"

服务员拿来了加了冰块的酒杯，拿起酒瓶准备倒酒，我打断他，从他手中接过酒瓶，道了谢并告知他我们自己倒。

服务员离开后，我在两个杯子中各倒了一指节高的酒，然后端起杯子和老蒋碰了一下，抿进一口。一股暖流从喉间急速地穿过胸膛直抵胃部。

老蒋举着酒杯，看着冰块融化的水流融入酒液之中，道："这酒喝起来真不赖。"

"价钱也不便宜吧。"

"你猜猜，多少钱？"

这时两位服务员将其余的餐品用托盘端到了桌前，并一一放在了桌子上。

而我还在估摸着这瓶酒的价钱。

"哎，管他多少钱，好喝就是了。"老蒋说着举起了杯子，我再次和他碰杯，将杯中剩下的酒一饮而尽。

老蒋在杯子添了酒后，俩人开始沉默地吃饭。我将土豆焗通心粉尽数吃完，老蒋先吃起了猪排。


餐馆的食客逐渐增多，有两对年龄与我们一般大的情侣坐在我和老蒋的隔壁。餐馆里响起了蔡琴的《被遗忘的时光》、王菲的《暗涌》、薛凯琪的《男孩像你》、彭家丽的《何故何苦何必》、陈慧娴的《飘雪》。基本上都是一些经典的粤语歌，我疑惑从何时起大家跟我一样也迷上了粤语歌呢？

老蒋吃完了猪排，我开始吃焗面。

我终于按捺不住，询问老蒋："今天怎么没叫阿千？"

老蒋吃了口三文鱼，表情难受地喝了口酒，放下餐具，可能对这家餐馆做的蜜汁三文鱼不是很满意。他掏出烟，把烟放在手中，用手指捏捏烟身，说："她最近都挺忙的，下个月就要放假了嘛，所以这段时间就要面临着考试什么乱七八糟的事。"

老蒋夹了几口沙拉，点着了烟。我将焗面吃完，也点了一根烟。

"我本来以为，我过来后，通过努力可以重新与她在一起。"老蒋在空中吐了一个烟圈。

"完全可以。"

"现在看起来，不能如愿了。就像我之前跟你说得一样，我并不是她所追求的那种人。她平时看起来嘻嘻哈哈的，但其实心里非常脆弱且强硬得很，有些东西嘴上不说，心里却如何都接受不了。而且之前我认识的阿千已经和现在的不能够同日而语了。"

老蒋举起杯子，我和他碰杯，俩人各自抿了一口酒。

我深吸了一口烟，说道："对于阿千，我或许还不是很了解，但你去努力总是没错的。"

老蒋忽然自嘲似的起身，走到二楼的服务台前，和工作人员说了些什么。陈慧娴的《飘雪》戛然而止，响起了老鹰乐队的《我不能告诉你为什么》。老蒋随着歌曲的节奏扭动了几下身体，又过来坐下了。

"喂，你可清楚，有些事，怎么努力都没有办法的。而且我现在觉得，我越努力去了解她，就越发地不了解她。纵然可能之前我从不会去了解一个人，现在做起来会有一些方向或者方式上的问题，但也都不是很离谱。她隐隐约约有种强烈地拒绝任何人的意识，我确信不是她故意的，有时候也能感觉得到她的确想和其他人推心置腹，但总会遇到问题从而措手不及。也就是说，现在的问题已经不是在我如何努力上了，而是她自我意识的防御太过厉害，且对我这种人完全不认可。"老蒋把烟蒂摁灭在烟灰缸里。

我琢磨着老蒋的话语，抿了口酒。

《我不能告诉你为什么》结束，响起了老鹰乐队的《加州旅馆》，老蒋真是对这支乐队钟爱之极。

"那你准备怎么办？"我将烟蒂扔在烟灰缸里，把柠檬水朝烟灰缸里倒了些，烟头"滋"的一声被水浇灭。

"我也不知道现在该怎么办了。"

"总要找到解决的途径。"

"解决的途径在阿千的身上，总不会是我简简单单对她说一声，'我现在想跟你在一起'，然后我俩重归于好吧。"

老蒋无奈地耸耸肩，抿了口酒，起身去卫生间。我拿起餐具吃了一口他的蜜汁三文鱼，确实味道不怎么样。然后把木瓜什锦沙拉移到跟前，边吃边听着隔壁人群的谈话。他们似乎在商议着圣诞节如何度过的事情，意见不是很统一，两位女孩提议留在学校和同学一起，而两位男孩却建议四人去KTV唱歌或者酒吧。

木瓜什锦沙拉被我吃得只剩了一半时老蒋从卫生间回来了，我与他再次喝酒。

老蒋说："关于我和阿千的事，就看阿千如何处理了，你知道我一点也不想把心思花在这些事情上。"

我不知如何回答老蒋，只好沉默地吃着木瓜什锦沙拉，老蒋则不停地喝着酒。

我俩沉默地听着歌曲，老鹰乐队的《加州旅馆》结束后，并没有歌曲响起，餐厅里的人把说话声都降低了下来。不一会儿，工作人员在扩音器里用各种美好的语言祝福着正在餐厅里用餐的一位食客，说完后响起了《生日之歌》。现在的餐厅为了招揽客户真是想尽了办法。

《生日之歌》结束后，又放起了粤语歌曲，郑中基的《无赖》、梁汉文的《七友》、李蕙敏的《你没有好结果》、彭羚的《你无讲过》、陈柏宇的《你瞒我瞒》、谢安琪的《钟无艳》、古巨基的《必杀技》。


我和老蒋一直沉默地抽烟、喝酒，期间我将木瓜什锦沙拉尽数吃完，老蒋最后才吃起他的意式乳酪沙拉，他似乎并无心思动罗宋汤，我庆幸般地移到自己跟前来，拿起勺子，三下五除二就吃光了。

酒喝到剩下一半时，老蒋叫来服务员将剩下的存了起来，并说："不喝了，再说会儿话，一会儿咱俩去好好享受一下。"

"享受？"

"总不至于死板到底吧。"

"好吧好吧。"我已猜到我们一会儿要去的场所。

服务员拿来存酒卡和笔，老蒋在上面签了字，然后一分为二，自己将一片装在了兜里，一片给了服务员。

"那阿千马上就要工作了，安排得怎么样？"我问道。

"她没说过，我想她也不会让任何人插手这件事。"

"又一个自我主义者。"

"她可完全不是哦，这样说吧。以前的时候，她在家里和学校里可都是一位乖乖女，认真学习成绩理想，没有过多地考虑其他。而现在她似乎发现之前的自己了无生趣，于是就变得独立起来，这样一来，或多或少对之前的事情有了否定。可能这几年来，她一直处在这种状态当中，然后就出现了刚才我给你说的下意识的防御，对我以及好多事情的不认可。当然在很多与他人有交涉的事情上，她肯定会考虑到别人，但是在与任何人无关的事情上，她现在绝对会率性而为。"老蒋看着窗外。

"她是一个坚强的人。"

"坚强到了极致。"

我笑着说道："你不是说自己不会花时间去了解一个人吗？"

"似乎已经晚了。"

"一切才刚刚开始而已。"

"很有可能所有都早已结束了。"

"……"

我去卫生间漱了漱口洗了把脸，醉酒的昏沉此时有些减轻。回到座位时，旁边的四人结账离开，老蒋的眼睛一直盯着窗外街道上的信号灯。

老蒋叫来服务员结账，付了款后抓起椅背上的外套说："走！"

我和他离开餐厅，行走在大街上，因为刚刚喝了酒的缘故，不觉得寒冷。街上的人纷纷都缩手缩脚瑟瑟发抖地疾步前行，马路上不时有车辆驶过，将俩人的影子拉得极长，又迅速缩短。街边的餐厅不断有人进进出出，偶尔有一个人蹲在路边的树下呕吐着。有些靓丽女郎在如此寒冷的夜晚穿着单薄的衣裳挽着大肚男，趴在他耳边说着些什么而惹得他哈哈大笑。年轻的情侣搂在一起边走边说着情话。

　　过了两个信号灯，酒已经醒了大半，不免觉得身体冷了起来，我把双手插在了羽绒服兜里，老蒋一直敞开着大衣抽着烟。

　　拐了一个路口，我们来到一座大厦前，大厦门前的停车场上停了许多高级轿车，一想这又是老蒋以前光顾过的地方，又一个"上流"社会出入的场所。

　　我和他进入大厦后直接踏进电梯，电梯的两侧标明着大厦里面的娱乐场所，电影院、餐厅、演出大厅、KTV、酒吧、洗浴中心等一切可供人们消费的项目似乎都被这所大厦囊括其中。

　　"18号，那个女的长得漂亮妩媚，手法还让人舒服得很，说话又风趣幽默，今天我就让你好好见识见识。"老蒋赞叹似的说道。

　　"得，我也当一回上流社会的人。"

　　"什么上流下流的，这世界哪有上流社会。"


　　我俩来到大厦的顶层，一出电梯，金色的光线刺得人眼睛生疼，周围响着电影《春娇与志明》中的《如烟》，好一个醉生梦死的情景。

　　一位比我们俩年龄还要稍大些的男子，笑嘻嘻地拉着老蒋到前台，俩人靠着前台说着话。我坐在大厅里的真皮沙发上打量着这个奢华的大厅，四周全是白色的瓷砖，天花板是金色的钢制吊顶，中间有一个大型的还带自动旋转功能的花灯，左侧是前台，右侧是供客人稍做休息的两张真皮沙发和一张大理石茶几，茶几大得离谱，让人怀疑是如何搬运上来的，因为天花板和灯光的缘故，整个大厅内都充斥着灿烂的金色。

老蒋和那人说了一会儿话，回过头走到我跟前说："晚上不回去了，你没问题吧？"

"明天还得上班呢。"

"明天早上起来早点，打车回去吧。"

我并无异议，对他点点头。

那男子将我俩带到里面，打开两间左右相邻的房间，老蒋走进一间，我进入另外一间。

房间的装饰与普通酒店的并无两样，我换了拖鞋，将羽绒服脱了挂在衣架上，坐在床上抽着烟。

一阵敲门声后，一位把头发尽数扎在脑后的女子探进脑袋，说："你好，你叫的18号今天没来上班，我是24号，可以为你服务吗？"

"也罢也罢。"

女子瞬间闪身进入房间，她穿着蓝色的海军短裙，上身是白色的职业衬衣，手中提着似化妆包大小的金属盒。

她进来后把盒子放在电视机旁的桌子上，然后走进卫生间，水声一会儿响一会儿灭。她从卫生间出来后，说："喂，你现在洗澡还是一会儿呢？"

我把烟蒂扔在地上，说："现在。"

……

"我吃饭时喝了酒，刚刚又洗澡，现在觉得渴得很，可以先喝点水吗？”

她似想起来什么一样用手拍了一下自己的脑袋，说道："哎呀，瞧我这记性，忘了给你拿饮料了。你喝点什么？"

"茶吧。"

"什么茶？"

"都行。"

不一会儿，她又端着一个茶壶闪身而进，她在床头柜上拿了两个杯子去卫生间洗了洗，出来倒满茶水，递给我一杯。

"那，许先生，喝吧，这茶好得很呢，我经常喝这个的。"她得意地说。

我接过茶，试探性地用嘴唇舔了舔，温度适中，可能是她没来之前给自己泡的。我大口地喝了两杯茶水，舌头与喉咙的干涩才减轻。

"你别这么叫我了，一点都不舒服。"

"那我叫你什么啊，来的客户都这么叫的。"

"朋友都叫我小莫，你也这么叫吧。"

"小莫，女孩名字哦。"

"我该怎么称呼你呢？"

"24号咯。"

"更不舒服。"

"那你叫我石姐吧。"

我疑惑是哪个石字，问道："石姐？"

"难道还叫石阿姨啊。"

"不是，我想问的是哪个石？"

"石头的石啦。"

喝完茶后我躺在床上休息着，她躺在我的身边，询问我看不看电视，我摇了摇头。

"喂，可以抽你根烟吗？"

我在衣服兜里掏出烟和打火机给她，她给了我一根，我摇摇头，她径自抽了起来。

"这地方，还不准人抽烟呢，说什么会影响客户啦，简直无法理解。喂，你说，我抽烟影响你了没？"她坐在床边抽着烟。

"一点也没有，不过我认识的女孩当中，抽烟的可没有。"

"那我岂不是在你的心中留下了不好的印象？"她转过身看着我。

"不用担心，我以后不会再来这里的。"

"绝对保证？"

"保证。"

她不禁笑了起来，把烟蒂扔在了地上……


翌日醒来时，被她枕的胳膊麻木不堪，我起来洗漱后，边抽烟边在房间里踱步伸展着胳膊，慢慢地恢复了知觉。我本想叫醒她，但看她睡得如此之香，实在不忍打扰，所以悄悄地穿好衣服，打开门。

"这么早就要走吗？"她一动未动，似乎早已醒来。

我回头，说："嗯，说了还要上班的。"

"抱抱我吧。"她坐起来伸出双臂。

我走到床边，抱住她，她紧紧地搂着我的脖子并说："再见，陌生的小莫。"

"再见，美丽的石姐以及销魂的夜晚。"

我出门后，猜想老蒋应该还是睡眠之中，于是就给他发了条"已经离开"的短信。出门在路口打了车，赶往超市。

老蒋却一直没有回复任何短信和电话，直到圣诞节那天才跟我联系。

圣诞节那天，我给余叔讲了欧·亨利的《麦琪的礼物》，余叔大声称赞："这个故事好啊，很有意思。"

"喜欢的话，以后给你多讲一些。"

"好啊，恩，有意思。"

余叔反刍似的琢磨着《麦琪的礼物》一直到下班，有时还自言自语几句。我在换衣服的时候，余叔走到我跟前说："你们这些小青年现在都爱过什么外国节日？给，就当是节日礼物了。"

余叔说着递给我史蒂文·斯皮尔伯格导演的《E.T.》原音版CD，我接过碟片，惊喜地说："谢谢啊，节日快乐哦。"

"节日快乐。"

下班后，我在附近的餐馆匆匆吃了快餐，在商店买了几瓶啤酒和一些煮花生米，赶回家中。简单洗漱了以后，把换洗了的衣服全部扔进洗衣机，调为全自动。再将窗帘拉了起来，倒上啤酒，摊开花生，打开电视，插入CD。这时老蒋打来电话邀我出去喝酒，我撒谎说身体不适要在家休息而拒绝，老蒋怏怏不乐地抱怨了几句就挂了电话。

我刚躺在沙发上，阿千又打开了电话，"喂，听说你身体不舒服啊。"

"其实只是不喜欢酒吧那种地方而已。"我如实回答。

"一个人闷在家过圣诞，岂不是很无聊嘛。"

"反正不想出去。"我急切地想挂掉电话，开始看电影。

"好吧。"

和阿千通完话后，我开始播放电影，看到"E.T."出场不久，刚刚喝了两瓶啤酒，老蒋就又打来了电话："喂，在家！"

"在的。"

"出来一下！"

"酒吧喝酒？"

"不是，阿千喝多了，你快来把她先接回去。"

"哪个地方？"

"一条街上的酒吧。"

我无奈地暂停了电视，穿好衣服出门拦车赶往一条街。

一进入酒吧，就被震耳欲聋的重金属音乐淹没。此酒吧在地下，通过长长的楼梯下去以后，没有前台，直接就是酒吧大厅。有三个年轻的女孩穿着暴露华丽的服饰正在舞池中间跳舞，舞池周围的各个散台边上站满了人。我围着舞池，费了九牛二虎之力从人群中挤着转了一圈寻找着老蒋与阿千。

老蒋站在外围墙角的卡座前，大声喊着我的名字。我过去后，看见阿千正醉醺醺地靠在另一个女孩的肩膀上，坐在沙发的一边，那女孩年纪和我们相当，应该是阿千的同学。有两个年纪稍大一点的男子和一位女孩坐在另一边，边低头说着话边喝酒。我猜想，这几个应该是老蒋的同事。桌子上摆满了酒瓶，有不少酒被洒在了桌子上。

我过去后，老蒋拉我到他的身边，趴在我的耳边说："阿千喝多了，你带她先回去吧。"

酒吧的音乐实在太大，只能提高嗓门说话，我大声对他说："现在吗？"

老蒋拿了两瓶啤酒，给了我一瓶，说："她现在正迷糊呢，一会儿吧。"

老蒋看着舞池，仰头喝了起来。

我回头看了看周围，最后把目光落在阿千的身上。她穿着白色的针织衣，黑色的休闲裤裤腿塞进了高筒靴子里。一边的脸颊被短发盖住，另一边的脸蛋红彤彤的，甚是可爱。

忽然，她微微睁开眼，看见我在看着她后，轻轻地甩了甩头发，对我挤了挤眼睛。我回过头，看看老蒋，也无声地喝起啤酒来。

老蒋贴着我的耳边说道："上次那个女孩怎么样？"

"简直棒透了！"

"我说的没错吧。"

"不是18号哎。"

"我明明给他们说的是18号的。"老蒋郑重地说道。

"她那天没上班。"

"哦，改天再去咯。"

"……"

刚喝了两口啤酒，阿千的同学接了个电话，然后拾起自己的衣服对老蒋说自己的男友来接她了，就离开了酒吧。

阿千此时迷迷瞪瞪地站起来喊着她同学的名字，叫嚣着要和她喝酒。老蒋看着我，示意现在把阿千带回去，于是我俩给她穿好衣服，拿着她的包，搀扶着她，困难地从酒吧里出来。阿千在这段时间里，乖了许多，不时地看看我。

三人到了路口，我和老蒋已经满头大汗了。老蒋让阿千坐在路边的台阶上，捏捏她的脸说："好了没有啊。"

阿千不耐烦地推了一把老蒋说："哎呀，你去吧，已经没事了。"

我坐在阿千的旁边边休息边抽着烟，老蒋冲我点了点头就走进了酒吧。阿千则身体软绵绵地靠着我，嘴里还呓语着。

"别装啦，都进去了。"我耸耸她靠着的肩膀。

"哈哈，这都被你看出来了。"

"怎么办，现在回去？"

"回去干吗啊，去送礼物！"

"啊？"

阿千站起来，拉着我的手向街上走去。她的脚步逐渐越来越快，我紧紧跟着。我看着她的背影，短发随着身体一阵一阵地起伏。她的手纤细柔软且充满温暖，片刻间，俩人的手心就出了汗水，她依旧不肯放开，紧紧地握着。我都未感觉到，我俩已经在大街上奔跑了起来，不少人用诧异的眼神看着我俩。

到了一个卖圣诞帽的摊位时，阿千才停下脚步，俩人气喘吁吁地看着对方发笑。阿千买了两顶圣诞帽，给我和她戴上，并肩向她学校附近走去。

阿千带我走进了一家饰品店，给她的舍友分别挑选了卡通手表、便携式台灯、蛤蟆墨镜、易拉罐大小的Hello Kitty储钱罐以及一支吸水钢笔。售货员将这些包装好之后，阿千却因为店里没有长筒袜而发起了愁，我提议她可以用丝袜代替的。

　　"色狼哦。"阿千眯着眼睛对我说。

　　"哪有啊，替你想想办法嘛。"

　　"好像也可以哦。"

　　于是她又买了丝袜，只用了五条，剩下一条丝袜她趁售货员不注意时丢在了店里。就在我俩刚要出门时，阿千忽然大喊了一声，所有人都看向了她。阿千不好意思地拿起了货架上的一支蝴蝶发簪，小声对我说："我小的时候在电视上看到过一个圣诞老人给个小女孩送了个发簪，跟这个一模一样哎，一直想要有个呢。"

　　我拿起她手中的发簪给售货员，并把她刚才丢弃的丝袜捡回来，阿千捂着嘴笑了起来。

　　出来后，我将发簪装在丝袜中，递给她："送给你，圣诞快乐，小女孩。"

　　阿千似个孩子一样感动得快要流出眼泪。


　　我俩提着礼物来到了她的学校后门，进去后就是女生宿舍，阿千畏畏缩缩探头探脑，生怕撞见同学。绕到女生宿舍楼背后，阿千与我弓着身子，走到一个窗户下。俩人看了看里面的情景，只有三个女孩在里面，一个坐在床上正在打电话，一个在写字台上看着电脑，一个在背诵着英语单词。我俩悄悄地把这些礼物挂在窗子的铁栅栏上，然后再弓着身子离开。

出学校的时候，我对她说："那，你就直接回宿舍吧。"

"哎呀，不能回去，我回去她们肯定知道是我送的了。"

"挺有心的嘛，可……不是听老蒋说你这几天都挺忙的嘛，还要考试。"

"是啊，忙着梦见你呢。"

"我也是呢。"

出了学校后，阿千带我去夜市上准备买些零食，等待的时间里，她的舍友打来了电话，阿千对着电话说道："喂，我在外面过圣诞呢。"

她边说着边朝我招手，并做出喝酒的姿势，我明白了她的意思，对着她喊道："阿千！快点，该你喝了。"

阿千对着我竖起大拇指，并说："好了，我这还忙着呢，对了，今天晚上我可能就不回去了哦。"

说完她就挂了电话，满足地攥紧了手机。


阿千买了些鱼丸，我买了一点煮熟的毛豆，拦车前又买了半打罐装啤酒。

我和她坐在后座上，她端着纸质圆形饭盒边吃着鱼丸边说："你刚刚在家干吗呢？"

"喝啤酒，吃煮花生米。"

"还有呢？"

"看电影《E.T.》。"

"外星人'E.T.'！"阿千惊叹道。

“是的啊。”

“酷哦！”阿千夹个鱼丸在半空中说。

“学我哦。”

“我也要看！”

“这就回去看。”

等待信号灯时，司机打开了车载收音机，张敬轩的《春秋》刚刚开始。信号灯一变，司机加速过去。张敬轩的《春秋》结束后，响起了古巨基的《爱与诚》，司机似乎不甚喜欢粤语歌曲，伸手换了频道。我建议司机换回刚刚的歌曲，司机只好无奈换回。

“你喜欢粤语歌曲？”阿千问道。

“非常喜欢。”

“粤语歌嘛，我是挺喜欢张国荣唱的啦。你……喜欢张国荣吗？”

“人都死了，喜欢这两字未免有些轻薄之意。”

阿千放下鱼丸，似乎在思索着我刚才的话：“你说的话还挺有味道嘛。”

我不知如何回答，只好沉默，阿千继续吃着鱼丸。一段广告之后，响起了古巨基与周慧敏合唱的《爱得太迟》。歌曲听到一半时，车子就已抵达小区门口。

回到家后，我们重新播放起了电影。我坐在沙发的一边，阿千躺在沙发上，枕着我的腿，我把外套盖在她身上时，又被她的侧脸吸引住，呆呆地看着。阿千似乎察觉了出来，伸出手捏住我的下巴向上推了推，说：“看电影啦。”

期间，我喝了三瓶罐装啤酒，阿千喝了两瓶。阿千挑拣着吃了几颗花生米后就塞到了我手里，我尽数吃光，毛豆俩人总共吃了一半。

两个小时的观影过程一气呵成，里面的情节妙趣横生，外星人的设计独具一格，男孩纯真的情感让人感慨。真让人想要为1982年叫好！

电影播放完后，我关掉了电视。

阿千一直枕着我的腿不愿起身，说："你还不瞌睡吧？"

说着阿千伸手将她的短发归拢到耳后，说："看个够！"

"看不够！"

我抽着烟看着让我倾心的侧脸。


"哎，你说人都是会变的吗？"阿千深深地叹了口气，始终一动未动。

"是的吧。"

"你是什么时候变了的呢？"

"自从小学五年级时抢了女同桌一袋冰冻果汁后，我就觉得我变了。"

"不许开玩笑！"阿千嗔怪地说道。

"其实我们都生活在这洪流之中。"我使劲儿把烟蒂摁在烟灰缸，思索着说，"很多时候都会不由自主地改变着，还有许多自己想去改变却未改变的。本想坚持，然而却不自知地被这浩大的洪流所改变。从小就言听计从地努力学习，不知不觉地步入青春，然后陷入自己曾经嗤之以鼻的柴米油盐……反观所有，处处都有可称之为变了的东西。其实却都没有改变，因为人生本来什么都没有。"

我说完后咽了口唾液。

阿千咬着嘴唇，似乎在整理着接下来该说的话。

"可是，很多时候我都不想有这些改变，也不想看到别人改变。每次遇到许久不见的朋友，心里就会紧张起来，害怕他已经不再是我之前认识的那个人了。其实我知道一个人不可能一直是一成不变的，连我自己也是，可就是接受不了。"

"就如重新去认识这个朋友一样。"

阿千激动地说道："对对对，就是这样。可是我不愿意再次认识他，我就喜欢之前的样子，所以才会成为朋友啊。"

"生活在这个复杂的社会之中，我们多少要适应这样的事情，因为每天我们连自己都要去重新认识。"

阿千沉默了片刻，啜了口啤酒，似自言自语地说道："你以后会变吗？"

"这个我也说不准。"

阿千把瓶里的啤酒一口喝光，然后安心地枕在我的腿上渐渐入睡。我想叫她起来去卧室，却又舍不得看不到她，于是只管让她睡。阿千熟睡之后，我抽了根烟，想起了老蒋，拿起手机思量着是否给他打电话，直到陷入了睡眠。

老蒋整夜未归。

早晨醒来时，阿千依然在熟睡中，我轻轻地抬起她的头准备起身时，她睁开惺忪的睡眼："醒啦？"

"得去上班了。"

我起身，大腿处便一阵麻木，只得扶着沙发站在原地。

阿千笑着说："不好意思哦。"

"没事，一会儿就好。"

"我也睡得太熟了，本来还想着早上起早点给你做早餐呢，现在看来是不行了。"

"下次嘛。"

"好的。"

阿千坐在沙发上伸着懒腰，闭着一只眼睛歪头看着我。

我展了两下腿，好歹恢复了知觉。洗漱之后，我就赶去了超市。

路途中老蒋打来了电话。

老蒋说："喂，阿千昨晚没事吧。"

我说："没事，你怎么一夜没回来？"

老蒋似乎在抽烟，说："昨晚不有几个客户跟我在一起嘛，难缠得很。"

"好吧好吧。"

挂了电话就在门口碰见了余叔，余叔询问我那部电影如何，我表示非常好看，实属经典中的经典。

余叔说："我那可有不少经典的电影呢，想看的时候说一声。"

其实我想说，电影之所以精彩，是因为我和阿千坐在一起，如果少了她，我不知经典还会不会让我如此难忘。可是我没说，我怕我讲出来，我就真的喜欢上阿千了。我不愿意这样，不愿意喜欢好友的女友。

但是，很多事情不说并不代表不存在。

## 04 ////

　　十二月已经悄无声息地过去了。天气越来越冷，每天早上睁眼后的第一件事就是拉开窗帘看看寒冷的大地，但雪依然没有来临。我每天都经历着希望和失望两种极端的情绪，看起来老蒋说的是正确的，此地未有下雪的历史，也不会出现落雪的将来。我多少有点气愤，但也无可奈何。

　　没什么事又不想看书的时候，我都会去与阿千第一次散步的那段路。可能因为天气太冷或者我去的时间不对，以前碰到的有意思的事再也没发生。但我依然还会经常转一转，因为已经成了习惯。

　　老蒋依然很忙，经常忙到连家都回不了。我与他通电话时，经常可以听出他那边的热闹状况。老蒋知道我喜欢喝酒，一有空就拿回来几瓶放在家里，然后匆匆出门。如果实在抽不开空，就会快递回来，打电话通知我接收。

　　元旦的时候，余叔的女儿和她母亲去了外婆家，每天下午下班我都会和余叔去他妻子的餐馆，俩人做点可口的饭菜，其实全是余叔一个人在做。一连三天，我把老蒋放在家里的酒拿了些过去，和余叔把盏言欢。余叔虽然对开店做生意一窍不通，但对做菜却津津乐道，每天都会教给我易做又好吃的简单菜肴。

　　余叔在炒菜时，用胳膊擦汗把眼镜给撞在了地上，当即，眼镜就被摔坏了。余叔让我拿去扔到垃圾桶，我答应着拿起它装在了兜里，却有股莫名的窃喜。

　　有天我俩喝完酒后，他提议去书店让我给他女儿推荐点书看。

　　"马上放假了嘛。"他擦了擦嘴，憨憨地笑道。

　　我帮老蒋的女儿挑了乔纳森·斯威夫特的《格列佛游记》、儒勒·凡尔纳的《格兰特船长的女儿》、曹禺的《雷雨》，当然还有老余强烈建议的《欧·亨利短篇小说集》。我不免嫉妒起余叔的女儿，有一个如此爱自己的父亲。

　　我把这些书给余叔后，他虽然高兴地收了起来，但还是三番五次地询问着我这些书讲了什么？适不适合他女儿看？我知道他是想让我给他先讲一讲，于是我把这些书里的故事知无不言地给他讲了一遍。

　　假期第三天早上，我刚走到超市门口，阿千就打来了电话。

　　"喂，中午的时候别在外面吃饭，我带吃的去你那。"

"可有肉？"

"行不行？"

"遵命便是。"


果然，中午我赶到家门口时，阿千手里提着大大小小的饭盒坐在楼梯上。

"你没有钥匙啊？"

阿千耸耸肩，摇了摇头。

"老蒋没有给你钥匙吗？"

"扔了。"阿千干脆利落地回答。

我和阿千进去后，先取了一把备用的钥匙给她，说："那，给你吧。"

阿千装好钥匙后，迅速地把饭盒都摆在桌子上，说："快吃吧，我也饿了呢。"

我洗了把脸，就坐下和阿千享用起来。有西红柿炒鸡蛋、鱼香茄子、腌肉炒豆角，还有一些寿司，卖相都不是很好，但味道却实属不赖。

阿千刚吃了两口，就笑着说："今天刚刚跟舍友现学的，不许说不好吃！"

"能得天下如此美味，真是不枉此生。"

"哎，过了过了。"

我和阿千闷头吃起饭来，阿千似乎故意地费劲儿咀嚼，而且还发出很大的声音。

"这样，可是不好？"

"完全没有。"

"以前吃饭的时候真是累啊，不能挑不能拣，不能翻菜不能发出声音，还不许说话，不然就会被人家耻笑没有教养。"阿千边嚼着菜边说道，"吃饭嘛，我爱怎么吃就怎么吃，关教养什么事？还有还有，什么笑不露齿、行不摆裙、三从四德，真是让人什么都不能做。如此一来，女人天天都得端端正正地坐在凳子上……"

　　阿千突然停了下来，看着我说道："不会觉得我无理取闹？"

　　"说得完全正确嘛。"

　　阿千大口吃了两个寿司，然后喝了点水，放下筷子，把胳膊支在桌子上说道："这都不算什么呢。初中的时候，父母看见别人家的孩子都在学乐器，非让我去学钢琴。我这人对音乐这方面一窍不通的，听一听还可以，要是学起来，难受得要死。你想想，我随便唱首歌都会跑调，居然还去学钢琴，简直就是折磨人嘛。父母才不管这些，说：'人家之前都不会的，不也都学会了。'于是就跑去学，自己也努力学了，可还是不行，天生不是这块料。后来我真的不想再去了，父母死活不同意，我就闹，把自己关在屋子里不吃不喝，这下才答应了。你可会哪种乐器？"

　　"会一点儿吉他。"我回答。

　　"不错嘛。"

　　"高中的时候，学校的一次演出缺个吉他手，排练老师从音乐教室出来，看见我在操场上正在踢足球就把我喊去让我担任。在排练的过程中学会的。"

"不会吧！"阿千吃惊道。

"那种演出，吉他手不需要弹的，上去摆摆动作就行了。"

"哈哈，你可喜欢踢足球？"

我把剩下的两个寿司吃完，喝了口水说："我小时候是很想当国家足球运动员的。"

"真羡慕你。"

"还不是因为念不下去。"

阿千掏出纸巾擦擦嘴气愤地说道："说起念书就让人恼火啊。"

"嗯？"

"我上学时为了考试可着实费了不少劲呢。大家都知道我的母亲是教师，所以自己就得更加地努力去学习，不能给母亲丢脸啊。"阿千放下纸巾，"母亲也真是，限制我出去玩的时间，天天让我坐在家里做题、背英语、默写古诗。你能想象？你每天在踢足球的时候，我都在做这些事情。"

"父母也是为你好吧。"

"我也知道，父母是为了我好，可我就是不喜欢那些嘛。我就想要跟别人一样，去玩耍，也努力学习，成绩好坏没关系的。可是不行，我得付出十分的努力，才能考得出好成绩。就算这样，有些人还不住地赞叹：'你好厉害啊，每天看起来都这么轻松地学习，成绩永远那么好。'我对人家笑一笑说自己也很努力的，他们全都不以为然。他们哪知道啊，我可是真的拼了命的。"

阿千说到这里时，我想起了我高中时期在班里每次考试总是名列前茅的那些人，心里不禁可怜起了他们。

　　"可是真的拼命呢。放学了得赶紧早早回家，小小年纪十一二点钟才睡觉。父母给的零花钱都得拿来买课堂资料和试题，都没有攒下来给自己买个新衣裳什么的，每次看见别的女孩来学校穿着新裙子简直羡慕得要死。还不许早恋，高中的时候和蒋谈恋爱，瞒得可严了，真跟地下党似的。后来还是被父母发现了，被关在家里不准出去。蒋知道了以后主动跑来，跟我父母说我俩分手了，他就这样走了。而且还没有过生日聚会，父母也不准我去参加同学的生日聚会。哎，你的生日是什么时候啊？"

　　"妇女节。"

　　"又开玩笑！"阿千嘟着嘴瞅着我。

　　"真的是妇女节嘛。"

　　"你应该是你妈妈收到过的最好的节日礼物。"

　　"头一次听人这么说我的生日。"

　　"本来嘛。"

　　我把杯中的水一饮而尽，又倒了些，点了根烟。阿千掏出手机看了看。

　　"你生日呢？"我问道。

　　"十天后。"

　　"一月十三号？"

　　"是啊。"阿千把手机装起来，点点头。

　　"那就来个生日聚会咯。"

　　"恐怕不行了，我们八号就放假了。"

　　"那我和老蒋来给你过，生日完了再回家去，可以吗？"

阿千忽然直直地盯着我，眸子里闪着光芒，说："真的？那我要吃蛋糕，还要生日礼物，还要喝酒！"

"全都没有问题。"

"一言为定！"阿千伸出手在空中打了个响指。

我看了看表，起身对阿千说："我得走了。"

"你去吧，我一会儿来收拾。"

我穿好衣服，就出去了．阿千一直坐在原地未动。


那天晚上，我和老蒋通了电话，告诉了他要为阿千庆生的事情，老蒋并无异议，而且答应会及时回来。

因为我一直以来也没参加过生日聚会，自然没有给别人送过生日礼物，所以在给阿千送什么生日礼物上可大大费了脑筋。几天上班中，我都心不在焉，余叔担心我是否身体不适，让我休息一天。我就把要为阿千挑选生日礼物的事情告诉了他并寻求他的建议，余叔思考了片刻说道："这种事，其实我也不懂，但如果是你生命中重要的人，你肯定会知道她想要却没有得到的东西，因为我一直都知道我女儿她想要什么。"

我无言以对，因为我不知道阿千是否是我生命中重要的人，自然也不清楚她想要什么但还没有得到。

于是，我自此陷入了一个更大的困惑当中——阿千是否是我生命中重要的人？


我想不能坐以待毙，老是想也想不出来，于是在一个不忙的下午，我跟余叔打好招呼，提前下班赶去市区为阿千挑选生日礼物。

我下车后完全丈二和尚摸不着头脑，根本不知道自己身在何地，索性就沿着街道一直走下去，遇到想拐的路口只管拐过去。走了一会儿，不免觉得身体发热，于是将羽绒服的拉链拉开，凉风瞬间灌入胸膛。走得累了，买瓶水坐在便利店里休息一下，出来接着漫无目的地行走在这陌生的大街上。

忽然街头一家唱片店引起了我的注意，我把手里的水喝光扔进路边的垃圾桶里，走去唱片店。

一位女子穿着棕色白花的毛衣坐在前台处，跷着腿低着头似乎在摆弄着手机。店内的面积大概有个四十平方米，墙上与中间的一个货架上全是CD，尽头处是一套飞利浦组合型音响。我围着中间的货架准备转一圈，看了看那架音响，应该是很不错的装备。回过头时，那女子朝我走来，是石姐。

"石姐？"我吃惊地说道。

"来买CD？"她没好气地问我。

"哦，碎南瓜乐队的《崇拜》。"

她转身走向货架的另一边，在那里翻了翻说道："店里没有。"

"哦。"我看她不甚愿意交谈，于是出门准备离开。

"喂，明天早上，有时间？"她叫住我。

"嗯？"

"明天早上九点来这里，我带你去找。"

"可以的。"

她坐在了前台的椅子上，跷起腿继续低头看起了手机，我闷闷不乐地离开。出门后，为了明天我可以准确地找到这里，专门记下了道路的名字以及唱片店的门牌号码。

晚上回到家，吃完饭后我给余叔打电话，因为给阿千挑选生日礼物的事情明天要请一天假，余叔让我只管去，反正明天的来货不是很多，我道了谢后就挂了电话。

不知为何，当天晚上我失眠了。我一会儿想起阿千一会儿又想起石姐，不知两人是否有些不同寻常的联系？石姐为何今天会出现在那家唱片店呢？她是不是还在那家大厦里工作呢？可能此刻她正在用那天爱抚我的技巧爱抚着另一个陌生的人。那天在她身上让我几度要落泪的东西到底是什么呢？

我起床，边抽着烟边打开自己的收集箱，拿出阿千与我认识那天丢弃的纽扣，静静地看着。阿千此时又在干什么呢？

翌日醒来时，昨晚失眠且抽烟太多导致喉咙似夹着烧过的灰炭一般，起来后，我立即从冰箱取出一罐啤酒一饮而尽，才减轻了喉咙的干涩。拉开窗帘，阴云密布，有些黑云低得似乎快要掉在地上一般。又是个寒冷的一天。

我赶到唱片店时，石姐还未到，只有一个四十岁左右的男子在唱片店里，边喝着茶边欣赏着从飞利浦组合音响流出的音乐。

我正准备走进唱片店询问时，石姐骑着一个电动摩托车停在了路边。

"喂，过来，上车。"她从脚下的踏板上拿出一个头盔说道。

我过去拿着头盔戴上，然后坐在后座搂着她的腰。

"可别打歪主意。"

我立即将手缩了回来。

她准备启动车子时，大笑了起来，把手伸到后边拉起我的手搂着她的腰道："玩笑都开不起哦。"

她启动车子，慢悠悠地在公路边开着，不时地眉头紧皱着从后视镜里看看我。凛冽的寒风打在我的手背上，不久便瑟瑟发抖起来，于是我把手指蜷缩了起来。石姐低头看了看我的手，将车速减慢，停在路边，抓着我的手插在她的上衣兜里，手背的疼痛便减轻了许多。石姐得意地在后视镜里看着我笑了笑。

不久，我们便到了一个音像市场，里面全是唱片、音响、胆机之类的东西，而且货品从山寨到高品质不一而足，是发烧友的钟爱之地。

石姐把车子停在了市场的非机动车停车场，然后我俩进去，两边的店铺里面都堆着如山一般的唱片。有些人三三两两地和店主站在门口争论着什么，有些人笑嘻嘻地捧着似乎已经寻找多时的唱片从店铺出来，有些则跟我和石姐一样刚刚来到准备寻找。

石姐忽然在一家门口停下来，说："可能得找一会儿，我先去这家，你去给我买水去。"

"哪里有商店？"

石姐拉着我的胳膊走到路中间，指着市场大门口说："门口有家商店，你去吧。"

说完她就跑进了旁边的店铺里，我顺着道路走到市场大门口，出去后果然有一家商店，我买了两瓶矿泉水和一盒口香糖。折身回去走到店铺门口时，站在门口抽了根烟，然后才进去。

　　一层的货架已经不能够称之为货架，周围全是唱片，走在地上都要小心翼翼，怕会踩到一个。我在一楼转了一圈后未发现石姐，于是顺着墙边的梯子爬上了二楼。二楼看起来干净了许多，有三排货架，上面放着一些胆机和音响，有的旁边还挂着头戴式耳机。我上去后看见石姐正戴着耳机坐在地上，闭着眼睛听着音乐。

　　我轻轻地走过去坐在她的旁边，石姐似乎察觉到了，睁开眼睛把耳机取下来，说："你听听，是不是这个？"

　　我把耳机拿来戴上，碎南瓜乐队的《崇拜》缓缓地在耳边荡漾开来。石姐拿起水打开喝了一口，我确认后，冲她点了点头。

　　石姐旋即跑下一楼，我也跟着起身，她回头对我说："你坐着，我去砍价。"

　　石姐再次上来时手里拿着唱片说道："走吧，去付款吧。"

　　我和石姐下到一楼，跟老板结账，那人嘴里一直嘟囔着价钱太低了。

　　因为是作为生日礼物，我想让石姐找个地方把唱片包装一下，石姐信心十足地说："去我家吧，我就会包装的。"

　　石姐骑着电动车带着我离开音像市场后，在附近貌似转了两个圈就到了一个公寓里，我跟着她上去，她问我："可记得这里？”

"从未来过啊。"

"上次不就在隔壁的大厦里吗？"石姐在电梯里思考着说。"嗯，应该是这个楼的后边。"并向后指了指。

"我从小一出门就迷路的。"

"方向感不行啊。"

"根本没有。"

出了电梯，走过两户住户，她掏出钥匙，打开门让我进去。

"你可真是个怪人。"

"太普通罢了。"

"连你的朋友也怪，碎南瓜乐队的专辑可不好找呢，幸亏我还算半个发烧友。"

"所以才会惺惺相惜，并且真的感谢你。"

石姐换了拖鞋并给我一双，我换了鞋并脱下外套挂在衣架上。

房间内干净整洁，一股沁人心脾的香水味瞬间袭来。房间是一个一居室的套房，有一个客厅、一间卧室、一个卫生间，阳台被改成了厨房。客厅的地上铺满了图垫，上面放着一个32寸老式电视机大小的矮方木桌，木桌旁边放着两个单人沙发。沙发一侧的书柜里整齐地摆放着一些书籍和唱片。木桌的前边有一套Onkyo CS-N755组合音响，左边的音箱上边放着古斯塔夫·马勒的《第一交响乐》CD。

石姐让我坐在沙发上后，她从书柜的上边拿出了一些彩纸和红色的礼带。她将彩纸铺在桌子上，又把刚刚买来的碎南瓜专辑放在上边量好尺寸，然后取出剪刀裁好彩纸，用彩纸把碎南瓜的专辑严严实实地包了起来，最后用礼带扎好，放在我的面前。整个过程没有一丝瑕疵，浑然天成。

"你好像看起来做什么都很厉害的样子。"

"上了年纪嘛。"她边把用完的彩纸和礼带放回原处边说。

"像天生的一样。"我确实如此认为。

石姐突然表情严肃地伸手打了一下我的额头，说："那个也算吗？"

"没有没有。"我解释道。

石姐没有说话走进卧室，拿出来两个杯子放在桌子上，又去厨房提来热水壶，给两个杯子倒满水。"我给咱俩做炸酱面吃，下午再回，可以不？"她边倒水边说。

"我倒没问题，你一会儿不去唱片店了？"

"请假了的，也没什么生意，今天老板在那，一天不去都没问题的。"

"嗯。"

说完后，石姐就围起围裙钻进了厨房。等待的时间里，我边喝水边看着她那诱人的身姿。我想起了那个与她缠绵的夜晚，接着黑夜就将我包围，我支撑不住身体，倒在沙发上沉睡了起来。

"喂！小莫！起来吃饭了！"石姐呼唤着我。

我醒来后，石姐让我去卫生间洗把脸准备吃饭。

"你昨晚没睡好觉吧。"石姐在厨房里大声喊道。

"嗯，昨晚失眠了。"

"有什么事吗？"

"最近一直困扰着我的一些事，好像所有的一切都不对劲，我不知道是不是我哪里出了差错。"

石姐靠着厨房的门口说："可以跟我说说吗？"

我喝了口水，然后把我与老蒋、阿千三人之间的事全盘托出。石姐听完后用手指捏着嘴唇思索着。这时，锅里的面煮好了，石姐跑去厨房盛好面与炸酱一起端出来，说："其实，有些事顺着自己的心意去做就好了，有时候没什么对与错，只有可能与不可能。"

"可是，我就是因为害怕自己会做错而一直止步不前的。一旦错误，那势必会让我陷入更大的困惑之中，以及难以挣扎的迷茫里。我只能选择默默地等待。"

"光等待可是不行的，一定要勇敢一点，冲破自己心里的那道枷锁。"石姐将炸酱加到面里递给我，"再说了，那个女孩子心里如何想的我们谁都不知道，不一定你去做了就会是错误的，止步不前有可能才是错误的。很多时候，我们觉得做起来会很难很纠结，但其实很简单的，只要去做，我想无论是什么事都是可以解决的。"

我思索着石姐的话语，沉默地吃着炸酱面。

"面，怎么样？"石姐似乎有意打断我的注意。

"美味至极。"

"我一大早上起来弄的炸酱呢。我的父亲是北京人，经常在家自己做炸酱面，所以小的时候就学会这个了呢。"

"炸酱真是地道！"

"可以教你哦。"石姐放下筷子喝了口水。

"我这人记性差得很。"

"很简单的嘛，炸酱最主要的就是要买到天津的甜面酱，其他的都简单的咯。先用热油炒甜面酱，有时也可以加一点黄酱，出香味了以后加进绞肉。这个简单吧。"

我点了点头。

石姐继续说道："绞肉快熟的时候呢添些水进去煮一下，等到酱熬得差不多了，把切好的姜末和葱花扔进去就好了。"

"如此简单？"

"本来就是啊。"

　

我一边吃面一边回忆着石姐刚刚讲过的炸酱的制作过程，石姐一声不响地吃着面。吃完后，石姐先泡了茶，然后洗了餐具。我俩坐在沙发上一边喝茶一边听着古斯塔夫·马勒的《第一交响乐》。

"昨天，不好意思哦，情绪实在不好得很。"石姐啜着茶道歉。

"谁都有不高兴的时候。"

"我已经不去那里上班了。"

"哦。"我不知该说些什么。

石姐拿出我的烟，掏出一根点着，径自抽了起来，并说道："你走后的第二天，晚上来了一个大老板。当然，好多都是大老板的，经理每次都会说要好好招呼。我也没怎么在意嘛。一整晚都好好的呀，那人也不怎么说话，也不抽烟，两人很早就睡了。过了几天，经理把我叫去说：'你从今天开始不用上班了。'我一下就愣神了，怎么好端端地说不要就不要了呢。"

石姐深深地吸了口烟，我一直看着她。

"原来，听同事说，那人是我们酒店的股东，而且占有的股份很大呢。我想股东怎么了？股东来这里不就是那点事嘛，我也没出什么错嘛，跟你那天晚上做的一模一样啊。喂，说实话，那天可舒服？"

"人间天堂。"

"你嘴皮子还甜得很。"石姐笑着说道，"本来就没什么错的嘛，我跟同事这样说道。走的时候才听人家说是因为我给那个股东端去的茶是我喝过的，这样的事影响了我们酒店的形象。我真是气愤呢，我好心好意给人家端泡好了的茶倒有错了？而且酒店里面的茶也不怎么好喝嘛，你那天不是也喝的是我之前泡好的嘛。"

我点点头。

"于是我就去找经理理论，其实经理也没有办法的，只能给我多开了些工资又说了些好话，让我还是离开吧。"

我听着石姐的话语，连连打着哈欠。

"喂，你昨晚真是失眠得厉害啊，去我床上睡！"石姐建议道。

"这个……不好吧？"

"怕我对你干什么不成吗？快起来！"

石姐站起来，拉起我去了她的卧室，她扶我躺在床上。我脱掉鞋子，道了声谢谢就重重睡去。

我又梦见了阿千，在梦里她依然那么漂亮迷人，但不知为何她在伤心地哭泣着，又不知为何我与老蒋与所有人都笑着离她而去，她哭得越来越伤心，最后只能听见她伤心欲绝的凄惨哭声却不见她的人影。忽然她出现在我的身边，拉着我的手让我不要离开，她一个人太害怕了，她不想再一个人了……

　　醒来时身上盖着厚厚的被子，额头有些许汗水。石姐鼻尖贴着我的肩头依偎在我的身边香甜地熟睡着。卧室之中依然充满了刚刚进门就闻见的香味，一张双人床正对着门口，床的一侧是一个组装型衣柜，另一侧是一个化妆台，上面摆放着一些我不知其名，更不知其用的化妆品。

　　我轻轻拉开些被子，石姐就醒了过来。

　　石姐揉揉眼睛，似一个少女般羞涩地说道："看你睡得这么香，我也瞌睡了呢。"

　　我俩起来后，又坐在沙发上喝了点茶，我就起身回家。石姐一直将我送到楼下，她准备上去时说道："以后可以再见面吗？"

　　"完全可以，安桥的音响真是棒透了。"

　　石姐得意地笑了笑，道了再见就折返回去。


　　我回到家中，看了看表时间还早，换了身衣服，决定彻底收拾一下屋子。

　　我先将我与老蒋的床铺都拿到阳台上搭在栏杆上，然后把两个人的枕套与被套全部卸下，换上新的。把刚刚换下的衣服、枕套与被套分两个扔进洗衣机里，调为全自动洗涤。烧些热水，倒进盆子兑点凉水，加点洗衣粉，用抹布把厨房、客厅、卧室里的桌椅板凳统统擦洗了一遍，也包括电视机、音响、沙发之类的。然后休息了一会儿，把冰箱里的东西全部取了出来，坏了的扔在垃圾桶里。把冰箱里各层的储物箱拿出来清洗一遍，放在阳台处晾干。将我和老蒋的鞋子收在一起，用肥皂水刷洗一遍，给他的皮鞋打上鞋油。

晾好衣服后，我坐在阳台上，看着外面天空的阴云，抽着烟喝了瓶啤酒。

气温有些转凉了，我就把搭在阳台的床铺收回去，再将两人的床铺好。把储物箱放进冰箱，再把刚刚取出的东西一一按照之前的位置归整起来。扫了地后，用拖把彻彻底底地把地拖上个两三次。这样就算大功告成了。


每次收拾屋子，我最喜欢拖地，拖上一阵再倒回去看着刚刚拖过的地方倒映出的自己，就会得意地笑出声来，有时蹲下来再做一些龇牙咧嘴眉飞色舞的表情。美妙至极。

到了晚上，我把冰箱打开，还有两个鸡蛋、一个西红柿、一小把芥菜。我把这些都取出来，在锅里加水煮沸，再下一小把手工挂面，将西红柿和芥菜洗干净切开倒进里面。面和菜快熟的时候把鸡蛋打在面里搅拌一下，然后出锅调味一番就可以饱肚了。

吃完饭，坐在沙发上捧着菲茨杰拉德的《了不起的盖茨比》读了起来，把今天买来的碎南瓜的专辑打开插入CD机中。睡觉前，我把专辑拿出来装进盒子里，学着石姐的样子把彩纸包好扎上礼带，可怎么也觉得不对劲，不知是什么原因。

阿千生日的那天，我下午早早地下班在超市里买了菜，然后回家给余叔拨通电话，边让他给我指导着，边在厨房里忙活着做菜。此时才觉得，原来做菜是一件充满乐趣的技术活。

中途的时候，阿千提了一些啤酒来了，吵吵着要给我帮忙，我让她只管坐着等待即可。她回去坐了一会儿后又来到厨房，站在一边认真地看我做菜。她穿着黑色的羊毛衫，灰色的运动裤搭配红色的棉靴，头发扎个小马尾，一转身或摇头就跟着一跳一跳。

一切准备就绪，我刚要给老蒋打电话时，他就提着一个蛋糕和一瓶红酒回来了。

暮色降临之后，我们打开蛋糕，把蜡烛插在上面一一点着。阿千特别认真地许了愿，然后将蜡烛逐个吹灭。我和老蒋分别递上礼物，老蒋送给她一个小巧的夜光水晶杯，阿千捧着杯子仔细地端详着，说："真是费了心，没想到你现在都还记得。"

老蒋沉默地抽着烟。

阿千放下老蒋送的礼物后，拆开我送的碎南瓜的专辑，吃惊地说："这个专辑我找了好久呢，你怎么知道我喜欢碎南瓜啊？"

"你手机的桌面不就是他们的照片嘛。"

阿千恍然大悟地拿出手机看了看。

我们切开蛋糕吃的时候，阿千把我送给她的专辑插到CD机里，房间开始流淌起碎南瓜的歌声。阿千显得非常满足非常高兴，不住与我俩喝酒，不一会儿她的脸蛋就红彤彤的，煞是可爱。

"好像觉得时间一直在吞噬着自己一样，不知不觉自己就来到了二十二岁。"阿千思索着说道。

"每个人都一样的。"我安慰道。

"不一样的。我还没好好度过童年，还没在夏天里抓过知了，还没有和同桌一起夜不归宿。一夜之间，自己就到了二十二岁。自己就像是时间的傀儡，一直被它操控着，我什么都做不了！什么都做不了！"阿千情绪激动地喊道。

我和老蒋都试图安慰她，但是却找不到合适的话语。

我们三人把老蒋与阿千带来的红酒与啤酒尽数喝光，阿千还要闹着喝，我与老蒋都拦不住，于是又打开了一瓶老蒋放在家里的灰雁原味伏特加。阿千打开后，摇摇晃晃地在厨房为三人切了些柠檬片放在杯子里。喝了几杯后，阿千就开始胡言乱语，叫着一些我不认识的人名，又破口大骂老蒋。我愣愣地看着阿千，不知该说些什么。老蒋闷闷地抽了一会儿烟，起身夺过阿千手中的酒杯，扶她坐在了沙发上。

阿千喃喃地自言自语着，开始哭泣了起来，老蒋坐在阿千的旁边安慰着她。我猛然想起了那天在石姐的住处睡觉时做的梦，愣愣地手拿着酒杯一直看着她。阿千哭得越来越伤心，我已经出了一身冷汗。

窗外终于飘起了雪花，我盼望得要死的雪花。窗外寒风呼啸，有些雪花已经落在了阳台上，我激动得难以自持。此时此刻，我清楚地看到它落在了大地上，落到近在咫尺的地方。阿千在这寒雪降临的夜晚，哭得越来越伤心。我看着她想着的那个梦，身体无论如何都动弹不得。我多么渴望出去拥抱着纷飞的雪夜，亦多么渴望拥抱哭得伤心欲绝的阿千，可是，我什么都没有做。

老蒋有些激动，拽起阿千来到他的卧室，让阿千睡在床上。

许久，阿千才安静下来。

许久，我才如大梦初醒般跑到老蒋的卧室。阿千睡在床上仍然哽咽，老蒋坐在床边看着她，见我进来后老蒋拍拍我的肩膀就出去了。

我把阿千的羊毛衫、运动裤、鞋以及袜子脱掉，取掉扎马尾的皮筋，拆开被子给她盖上，用手擦了擦她眼角的泪水和嘴边的唾液。她的身体随着哽咽不时地震动，每次的震动都让我难受，都想紧紧地抱住她。

我提着她的衣服准备出去时，听见她小声地说道："小莫，别走。"

我关掉灯，说道："我不走。"

老蒋在卫生间里正在洗澡，我才反应过来并没有烧洗澡水，站在门外喊道："喂！里面是冷水啊！"

"还行吧。"

我洗完阿千的裤子和羊毛衫后，放在卫生间门口的盆里，说："你洗完把她的衣服甩下水，挂在里面吧，外面下雪了。"

老蒋没有说话。

这时，我疾步走到阳台，急切地要领略期盼已久的漫天大雪。我扬起头看着这雪空，可是，这大雪停止了下来。最后几片雪花落在我的脸上，我还未感受到时，它们已经融化了。

我气愤地抓起了阳台上的一把雪，闭着眼睛，紧紧地把它们攥在手里，旋即它们便融化从我的指缝中流出，我依然紧紧地攥着拳。

似乎，天又开始在下雪了，许多的雪花落在我的脸上，我伸手擦了擦脸颊，原来我在流泪。


老蒋洗完澡后从我的卧室抱出一床被子，躺在沙发上准备睡觉。

"我睡沙发吧，你明天还要上班。"

"再喝两杯吧。"

"想喝？"

"想喝。"

我和老蒋把刚刚喝剩下的灰雁伏特加分在两个杯子里，什么也没有说，一直喝光各自的酒。他似乎多次欲言又止，我的脑袋里全是阿千不久前的哭声。

喝完酒后，老蒋拉开被子不声不响地睡了起来。我再次走到阳台，远远望去，雪地覆着零零星星的雪花，像铺着被扯坏的白布。我不知为何会在刚刚的时候下起雪来，亦不知自己刚才为何动弹不得。

脑袋越来越重，颈椎似乎已经快要支撑不住了。我关上阳台的门，回到卧室，躺在床上，却无法入睡。一闭上眼，全是阿千凄惨的哭声以及她的脸。我已分不清那是刚刚的回忆还是在石姐处睡觉时梦里她的样子。但两次，她都喊着让我不要走，我为何要走？又为何不要走？我全然不知。

翌日，醒来后脑袋依然沉重，我躺在床上准备了片刻，吃力地抬起身子坐在床边。老蒋和阿千还在睡觉。地上快干掉的酒渍黏着鞋底，桌子上整齐地摆着我昨天精心制作的饭菜，不过都已换了颜色，被切剩下的半块蛋糕无精打采地躺在盒子上。我走进卫生间，看着镜子里的自己，完全陌生的一副面孔。

老蒋的被子掉在了地上，我过去把被子向上拉了拉，老蒋轻轻翻身。我穿好衣服，来到老蒋的卧室，阿千仍在熟睡中。我掏出纸巾，擦了擦她嘴角的口水。坐在床边，点根烟抽了起来。阿千一直未醒。

此生之中，这段时间是我最为平静的时刻。我什么都没有思考，似乎自己身处在一个暗涌迭起表面平静的湖面，没有一人在周围。美丽的景色已使我不能够再去想什么，更忘掉了我自己。天空蓝得像被人画的一般，四面都是被微风轻抚的绿草。我就站在湖面的中心，身体似乎快要飞了起来。

我就这样看着阿千抽完烟，情不自禁地抚摩她的侧脸。

当天，阿千就回了老家。我不知我那天走后，老蒋和阿千之间发生了什么，导致老蒋至死都没有再来过这里。

中午回去后，一切干净得让人疑惑，怀疑昨天晚上的生日、阿千的哭喊、窗外的大雪统统都只是一场梦。我努力寻找可能留下的痕迹，地上的酒渍、喝空的酒瓶、阳台的白雪全都不见了。可是我的大脑明明还在昏沉当中，早晨走之前明明看着阿千熟睡的脸，抚摩了她的侧脸，连温度都还在我手心徘徊。

大脑似乎出现了问题，需要一一理顺。我被老蒋叫来这个地方，认识了他的女友阿千，去超市上班认识余叔，为阿千购买礼物认识石姐，在石姐处睡觉梦见阿千哭泣并让我不要离开她，没过多久阿千生日时她的哭泣与梦境中如出一辙。一切似乎都已经开始在围绕着阿千了，我真的喜欢上她了。

可是，她是我好友老蒋的女友，她如今与老蒋的关系怎样了呢？虽然老蒋模糊着他俩的关系，阿千对此也只字不提。但我依然害怕，害怕自己一旦处理错误，又将会独自一人孤独地生活在这世界上。可是，石姐所说的并无道理，停滞不前有可能会是更大的错误。我开始了担惊受怕的日子，老蒋与阿千不论谁的电话我都不愿也不敢接。但似乎三人很有默契，阿千一直未来过电话，老蒋有一天只发了信息告知我注意查收他快递给我的酒。

余叔见我每天上班都无精打采，问起我来，我实在无计可施，将事情原原本本地告诉了他。

余叔听完后点了根烟，深深地吸了一口说："世事无常啊，臭小子，很多事情都由不了人的。两个人不管是成为朋友还是成为夫妻，那都是命数，就如你我认识一样。"

"是啊，很多事由不了人。"

余叔摇摇头，接着说："我对这种事完全不通的，可能帮不了你的。"

"没事，说出来感觉已经蛮不错了。"

是啊，余叔对此完全不通的，那么我该找谁呢？石姐！一想起石姐就想她放的交响曲，她那个让我在睡梦中梦见阿千的床。于是我给石姐打了电话。

“石姐，我想见你。”

石姐并未说话，似乎是在思考中。

“喂，石姐？”

“听见了，明天下午来我这里。记得地方？”

“不记得，但出租车司机应该知道。”

“好吧，来了直接上来，我明天下午休息半天。”

“好的。”


第二天下午，我到了石姐的住处时，她正在厨房做菜。我跟上次一样坐在单人沙发上听着交响乐，看着她的身姿。不一会儿，果然瞌睡就袭来，我跟石姐打了招呼就前去她的卧室睡觉。

不过这次却没有梦见阿千。

醒来时已经快到了晚上，石姐依然跟上次一样依偎在我的身边熟睡。我起身后点着烟抽了起来，石姐醒来也点了根烟，两人一直未说话，只是沉默地抽着烟。

吃饭时，石姐拿出了几瓶啤酒，说道：“喝点酒，可以吗？”

我点了点头。

食物摆好后，石姐打开啤酒，给我俩倒上，说：“说吧，下午你一来我就知道你有事，怎么了？”

我将三人的关系、对阿千侧脸的倾心以及那天早晨看着阿千时的奇妙感受都事无巨细地讲了出来，讲完后又回想了一遍看是否有遗漏的地方。

石姐听完后思索着径自啜了口啤酒，我一直看着她。

"你为何不勇敢一点呢？"石姐放下酒杯说道，"我想那女孩也喜欢你，她也担心着你所担心的问题。所以你要勇敢一点啊，纵然你俩都在担心着可能会出现的各种问题，但是这些都不重要啊，对你来说最重要的应该是那个女孩啊。"

"俩人同样重要。"

"这里面没有取舍的问题的，虽然你是在他俩恋爱时认识的那个女孩并对她有了好感，但正如你所说，现在他们出现了问题，不可修复的问题。你并没有对不起谁，也没有做错什么，只管勇敢地对待那个女孩就好。"

"可是很多事情都由不了人的。"

石姐又啜了口啤酒，说："你说的也是对的，但很多时候有些事，需要努力再努力地去做才行的嘛，也可能会改变由不了人的事情。"

我想着石姐的话语，径自端起杯子呷了一口。

石姐说道："算了，还是先吃饭吧。不管我说多少都是没用的，关键还在你。你想怎么做就去做好了，剩下的事情总会有解决的办法。"

石姐说完就吃了起来，我依然在想着她的话语。石姐见我未动筷子，伸手打了一下我的额头，说："吃饭啦！"

从石姐住处出来时已经快九点了，石姐跟上次一样送我到楼下打车，走时她轻轻地抱了抱我并说："谢谢你。"

我刚想伸手抱住她时，反被她一把推开，说："街上这么多人！你抱一个阿姨算怎么回事，赶紧回去！好好休息，什么事都会解决的，不要太担心。"

说完，她就转身回到公寓，留我一人在街上发呆。

回到家后，石姐对我说的话一直在我的大脑萦绕，我坐在沙发上思索着，却久久得不到答案。于是起身打开一瓶啤酒，放起了上次与阿千一同看过的电影《E.T.》。自己并无半点心思观看电影，两个多小时大脑里全是与阿千相关的种种问题，不自觉地向空中发问："我该怎么办？"

*05* ////

　　我的大脑里全是我与阿千的种种问题，已无心再关注是否会下大雪，甚至连自己曾经极度渴望下雪都不记得了。昏昏沉沉不知已度过了多少个时日，直到余叔询问我春节是否可以上班时才觉察到时间的流逝。

　　余叔告诉我，如果春节要回家，那么这周就得全天加班，如果春节不回家，这周休息三天，春节期间正常上班。现在的春节已经变得全是过场毫无年味，选择其他时间回家也未尝不可，所以我决定还是留在这里继续上班。跟父母通了电话，因为毕竟自己在外地，父母也很理解，叮嘱我注意好身体就行。

　　跟父母通完电话后，心里忽然一阵慌乱，燥热得不知道该做什么。在房子里踱步无用后，我穿好衣服，出门去散步。

难得一遇的好天气，万里无云的天空，太阳孤零零地挂在上面，猛烈地照射着大地。可以隐约听到商业街上的一些店铺为了招揽客户各自放着流行歌曲，隔段时间就会传来塔吊行走微弱的声音。小区里人烟鲜见，偶尔碰见一两个老者慢慢悠悠地边享受着日光边鹅行鸭步地前行着。超市门口的广场上有不少的年轻妇女带着自己刚刚学会走路的孩子，每个母亲看着自己的孩子在广场上蹒跚学步的样子都开心得合不拢嘴。有不少的人提着购物袋从超市里结伴出来，面露微笑地谈论着什么。

这世界似乎只有我一人陷入在困惑的痛苦之中，我极力地想被这种热闹的气氛感染，可情绪却越来越低落。我赶紧回到不太热闹的小区，才得到些许缓和。我点根烟，继续在小区内散步，不知不觉走进了后面的森林中。

刚一进去，就感到丝丝凉意。里面没有明显的路，地上全是落叶，显然很少有人来这里。强烈的光柱在里面纵横交错，可以清晰地看见在光柱里飘浮的颗粒。我本想一一抱一下这些树，来测量它们的直径，但往里走了走一看数量之多只好作罢。树叶微微作响，如同用手轻轻抚摩细沙一般。走到小区围墙处，地上出现了许多的树墩，有的就在围墙脚下，看来以前这是一片大森林。树墩上面大多都生着一些翠绿的苔藓，令人忍不住想伸手去抚摩它们。

我找了个没有长着苔藓的树墩坐下来，点了根烟稍做休息。有几只麻雀"叽叽喳喳"地从头顶飞过，不时落在树枝上寻找着食物。阳光逐渐减弱了起来，气温开始降低。几只麻雀似乎也有了冷意，在树林里穿梭过几圈后就消失不见了。

我裹紧外套，起身在里面转了几圈，就出了树林。不知为何，心情觉得异常轻快，饿意也袭入大脑。我来到商业街的一家餐馆，要了红烧肉盖浇饭和一瓶啤酒。吃完后我又想去那片树林里，可刚走进去，里面的温度实在低得让人忍受不了，无奈只好回家。


第二天，刚一见到余叔，他就询问我怎样安排假期："你春节要不要回去？"

我回答："不回去了，也没几天假。"

"跟你父母说过了？"

"说过了。"

余叔看了看桌子上的台历，说："那你明天开始休假？"

"不知道。"

"你这孩子。"

我也看了看余叔桌子上的台历："休假我也不知道自己去干吗，没事可做的。"他用笔将春节那天圈了起来。

"出去玩一玩。"

"害怕把自己丢了。"

余叔哈哈大笑起来，说："老在家里也不行的。"

"我想出去徒步旅行一次。"

余叔跑到门口接过今天要来车的单子，站在门口看了看，在上面签了字拿着去了经理办公室。我坐在椅子上，抿了口茶，把余叔桌子上的台历又拿起看了看。余叔回来后把单子递给我，我看了看，今天的来货不是很多，马上会有一辆，中午吃完饭后有两辆。

余叔坐下来说道："你刚刚说你想出去徒步旅行？"

我继续看着单子，并回应："嗯。"

"不错啊，我年轻的时候经常去山里徒步旅行的，在城市里待久了，人就发木了。"

我把单子放在余叔的桌子上，说"不过我不知道附近有没有合适的地方，去远了也不太方便，毕竟只有三天假。"

"有！"余叔开心地喊道。

我抿口茶看着余叔。

余叔笑着说："西北方向有座草山，坐一个多小时的车就到了。我们一家三口经常去那儿的。"

"就在这儿坐车？"

"先坐136路公交车到终点站，下车就在原地坐去草山的班车，倒车不麻烦的。"

我心里重复着余叔的话，试图记下来。

余叔说："很好坐的，到时候有什么问题给我打电话就行。"

我点点头，心里依然重复着余叔刚刚的话。

整整一天，余叔都在跟我讲述着关于草山的事情：一直被人们流传的与之相关的传说，以及曾经在山里发生的几次事故。最后余叔事无巨细地讲述着他们一家三口每次去山里的情景，让人煞是羡慕。

我已经迫不及待地想要出发，下午下班后就做着各种准备。买了些速食品和饼干装在背包，又用小瓶的矿泉水瓶装了大半瓶的梅酒，还装了三瓶罐装啤酒。把老蒋从未使用过的睡袋拿了出来，翻出他的折叠帐篷发现太大不好携带只能作罢。把登山鞋翻出来刷洗干净，又将冲锋衣挂在阳台上晒了晒。所有工作已经准备就绪，只等明天的到来。

翌日，我早早就醒来，背上背包前往车站。坐上车后什么也不管，让自己陷在座椅里，把耳机塞进耳朵听歌。

到了草山的时候已近中午，我下车后坐在路边拆开带着的饼干，吃了半袋饼干喝了一瓶矿泉水。休息完毕后依照余叔昨天的嘱咐直接从下车点的小路上山去。有条小路蜿蜒在山里，路上大多都是已经干枯的梧桐树叶。距离公路越来越远，汽车声不再响起，偶尔会听见山里的鸟叫。

四周越来越寂静，似与世隔绝一般，只听见我走路时踩踏落叶的声音。我掏出手机看了看，信号非常微弱，且时有时无。反正暂时也无非联系之人，索性就关掉了手机。身体开始发热，我把外套的拉链拉开，找到一个石头坐在上面。打开背包，取出一瓶啤酒一口饮尽。四下未见一个人影，我站起来扶着树木，朝山洞里大声地呼喊了两声，然后静止不动听着回声。

休息好之后，我继续向山里前行。已经走上了山头，艳红的太阳马上就要掉进山里。此时的阳光把山间染成了金黄色，里面还透着些许绿意。夜晚就快来临，我得赶紧找到一个今晚可供我睡觉之地。听余叔说之前有很多的放牧人在山里挖了很多山洞，遇上大雨下不了山时就在里面歇宿。

我按照余叔的指示，背起背包顺着小路继续行走，刚下山头不远就发现了一个山洞。山洞的洞口不是很大，只能弓着身子进去。山洞的结构呈一个酒瓶形，洞口很小但里面场地却异常的开阔。

我把背包放在山洞后，又出来在洞口附近捡了一些干枯的树枝拿进去。然后坐在洞口看着太阳一点一点地从山头走下去。太阳刚下去不久，黑暗便紧跟着降临。天色越来越暗，一低头连树木都已分不清种别。

我回到洞中，在洞口处点了堆火，因为洞口上面有几个小孔，所以洞内的烟雾还不算严重。边烤着火，我吃了一袋牛肉干以及中午吃剩的半袋饼干，喝了一瓶啤酒，又抿了两口梅酒。把捡来的柴全部烧完后，我取出睡袋钻了进去。可是自己却毫无睡意，山里不时传出一些我从未听过的动物叫声，我屏息不动地用听觉来判断它们与我的距离。余叔说过山里早就没了对人类有攻击性的动物，只有一些平常的丛林生物，所以让我无须担心和提防。但毕竟是自己一人，多少还是有些害怕。

我就这样担惊受怕地过了一夜，幸运的是没有任何动物来过这里，或者在我睡着时有，但它显然对我没有任何兴趣。醒来后太阳已经出来，我用漱口水漱了漱口就打好背包，把垃圾装起来挂在背包上。走到洞外，伸个懒腰朝太阳升起的方向走去。

昨晚不尽如人意的睡眠让我感觉身体有些虚弱，我边走边吃着牛肉干，吃完又喝了瓶啤酒。到了中午的时候，身体的不适感才减轻了些。因为昨晚没有睡好，加之寒冬中温暖的阳光，我已睡眼蒙眬。简单吃过午餐后，喝了两口梅酒，自己实在不想起身，于是靠着一棵树慢慢地进入了梦乡。

我又梦见了阿千，不过这次却不同。阿千跟我坐在一个陌生的地方，她不说话只是拉着我的手笑着。在梦中，她的眸子清澈靓丽，没有了现实中那丝丝悲伤，只有孩子那般的童真无邪。我就这样看着她，我想伸手去抱她，可不知为何我怎样都动弹不得。就在这种挣扎中，我醒了过来。

我急忙掏出手机，打开，这里依然没有信号。于是我背起背包，顺着路狂奔着。我只顾看着手机的信号条，也不在意这条路将通向哪里。

我现在只想跟阿千说话。

终于，手机有了信号，我赶紧拨通了阿千电话。

阿千接通手机说："喂，干吗呀？"

我气喘吁吁，也不知该说些什么。

阿千听见了我的喘息说道："你干吗呢？"

"我，刚刚，跑完步。"

"哦，好样的。"

呼吸总算缓了过来，说："你，那边冷不冷啊？"

"不知道呢，我回来后就一直在家呢。"

"哦。"

"怎么？想我了呀。"

"我，我只是……"

"好了，知道你想我。"

我就地坐了下来，呼吸已经恢复正常。

阿千叹了口气，道："唉，我也想去找你玩，可是马上要春节了呢。"

"春节我不回家。"

"给你父母说了？"

"嗯，说了。"

阿千撒娇似的说道："我也不想待在家里。"

"家里有什么不好？"

电话那边传来关门的声音，阿千说："每天在家里都得面对毕业工作的问题，父母每天都要做各种各样的思想工作，真搞不懂是我的人生还是他们的人生。"

"那你想好毕业以后的事了吗？"

"还没有。哎，不说这个了，你刚刚在哪跑步呢？"

我站起来看看四周，茂林丛生，依稀可以听见车辆行驶的声音，于是朝着那声音走去。

"在离家不远处的一座草山，昨天中午来的，现在准备回去。"

"酷！我也想出去玩。"

"那就出去玩。"

"可没人陪我玩。"

刚走几步就看见了公路，我加快了速度。

"那你什么时候过来呢？"

"我也不知道，反正会早点过去的，到时候你可得陪我出去疯逛哦。"

"全程奉陪。"

"我要看电影！吃火锅！"

"小菜一碟。"

"还要去飙车！要逛街！"

"飙车？"

阿千嘻嘻地笑了起来，说道："自行车啦。"

"棒极了！"

和阿千挂掉电话后，出山的车刚好到了。

回到屋子后，烧了洗澡水仔细地洗澡，刮好胡须，把衣服扔进洗衣机。打开冰箱发现里面空无一物，于是跑去超市买了一打啤酒，一斤鸡蛋，两袋手工挂面，两斤土豆，两块猪排以及一些青菜和饮料。

把东西归整进冰箱后，又跑去超市和余叔聊了会儿天，把自己在草山的行程和他说了说。不知不觉已经到了晚上，余叔非拉着我去他家吃饭。

余叔一家就住在他妻子所开餐馆的二楼，从餐馆进去，后厨里有去二楼的楼梯。我和余叔赶到他家后，他的妻子已经做好了饭菜。余叔将餐馆的大门关闭，四人坐在里面吃饭。余叔说，每次吃饭的时候他家都不做生意，是习惯，更是因为亲情。

他的妻子穿着黑色的高领羊毛衣，围着大大的围裙，乐呵呵地在厨房里准备着最后一个汤。余叔的女儿叫余菲，长得很清秀，眼睛特别大，俨然一个精灵一般。

吃饭的时候，余叔的女儿不停地给他讲着今天在学校中发生的一些事情，余叔喜笑颜开地听着，余叔的妻子询问了一些我家里的情况，我如实回答着。余叔让我三十那天晚上来他家吃饭，一起过年，我撒谎自己已经安排了年三十的去处。其实我不想来，因为在这样的节日里，看到别人越幸福自己就越悲伤，我宁愿一人什么都不想地睡一觉。

年三十那天，刚刚下班回到家，石姐就打来了电话："小莫，新年快乐哦。"

"新年快乐。"

"我还哪有快乐，又一个孤单的节日而已。"

"孤单两票。"

"你没回家？"

"嗯。"

"那，你过来找我吧。"

"可有好吃的？"

"绝对有！"

我本来想自己做饭，已经在厨房收拾了一些东西，挂了石姐的电话后又把它们放回冰箱里。带了一瓶老蒋不久前邮寄来的2005凯隆古堡干红，我对红酒没有什么太大的兴趣，本来就想着要把它送人。

我带着酒准备出门赶往石姐的住处，一出门就听见街道的鞭炮声，天色已经昏暗，许多的孩子在街头嬉笑着玩耍。我把自己蜷缩在车座里，不去看外面热闹的景象。司机眉飞色舞地插着耳机讲电话，这节日的气氛终究还是躲无可躲。这种时候最怕一个人了，一定要找件让自己能够全神贯注去做的事才行。如果此时有本书可以阅读就好了，至少不会感到悲伤。

到了石姐住处的楼下后，我给石姐打了电话，她让我在楼下等一下，她出去买菜了马上回来。我抱着酒坐在公寓的门口抽着烟等待着石姐，进进出出的人都用着异样的眼光看着我。

抽了两根烟后，石姐就提着大大小小的袋子来到门口，说："快帮我把东西提一下。"

我和石姐提着东西上楼，跟之前一样，她在厨房里做饭，我坐在客厅里听着马勒的交响曲喝茶。石姐穿着黑色的打底裤，海蓝色的圆领羊毛衫，踩着拖鞋不停地在厨房里移动。我也和之前一样，看着她娇美的身姿，不禁地说道："好身材。"

"谢谢夸奖。"石姐拿着锅铲回过头笑着说道，"嘴还挺甜的嘛。"

"我最不会哄女孩了。"

"这可不行的。"石姐盖上锅盖，来到客厅坐下喝了口茶说，"很多时候大家都很脆弱，但总要有个人坚强一点。不是非要说什么甜言蜜语的，只想要个依靠，你说什么都可以的，哄女孩其实是这样。"

"陪伴。"

"所以说哄女孩子呢，虽说简单，但其实很难。"石姐边说边盯着我带来放在音响旁边的酒，"喂，这会儿可以打开喝点吧？"

"当然可以。"我起身把酒和启瓶器从盒子里取出来，打开酒。石姐去厨房看了看锅里的菜，拿来两个玻璃杯放在桌子上，我倒了一指节的酒，然后塞好木塞。

"前几天做梦都想喝酒呢，一个人不敢喝，苦闷得很。"石姐举起酒杯端详着。

"今天喝个痛快。"

石姐跟我碰杯，抿了一口，道："可不敢喝多，我要是欺负你怎么办？"

我抿了口酒，躲开石姐的眼睛说道："现在我们不同了，我……"

"我知道，你有喜欢的女孩子。"

"不只因为这个。"

"我们现在是朋友？"

"对，这就是我要说的。"

石姐笑嘻嘻地抿着酒，然后认真地看着我说："你此生真的会记住我俩的那次？"

"不只那个，会记住你的许多。"

石姐举起杯子跟我碰杯，道："谢谢你。"

"不会。"

我和石姐就这样喝着酒，有一搭没一搭地说着话，她去了两次厨房，饭菜依旧没好。等到杯中的酒都饮尽，石姐跑到厨房，过了一会儿说开饭了，端着一盘红烧排骨走了出来，我倒好酒后帮着石姐把食物都端到客厅。除了红烧排骨，石姐还做了酸菜鱼、麻婆豆腐、蒜泥拌蒸茄以及鲜虾蔬菜汤。一看到这些美食就让人食欲大增，我狼吞虎咽地吃着，石姐端着酒杯直愣愣地看着我，换了胆机中的唱片。

石姐抿了几口酒，为我盛了一碗汤，说道："慢点吃，都是你的。"

"你不饿吗？"

"不饿，你只管吃你的，我喝点酒就行了。"

我继续闷头吃着，石姐喝光了杯中的酒后，自己又倒了一些，和我碰了两次杯，她只是面带微笑地看着我，也不说话。我思忖着这屋里的情景完全不像是过春节，而像是恋人约会似的，想到这时我不禁笑了起来。

石姐疑惑地看着我说："笑啥呢？"

"这个屋子可一点都不像在过春节。"

"如老友聚会。"

"恰如其分！"

石姐打了一个响指，哈哈大笑起来。

我一口气吃光了红烧排骨和麻婆豆腐，喝了两碗鲜虾蔬菜汤，实在已经很饱。石姐又张罗着要给我做炸酱面，我急忙阻拦。我抽了根烟，又与石姐喝了一杯酒，俩人把碗筷收拾到厨房，她将剩下的食物放入冰箱，然后俩人合作刷洗着碗碟。石姐站在我的身边，让我想起了第一次与阿千见面吃饭后的情景，彼时彼刻恰如此时此刻，石姐就跟那天的阿千一样站在我的旁边。

我又想起了阿千。

洗完餐具后，我和石姐坐在客厅喝着酒听着交响乐，石姐不好意思地说道："我喜欢这个人的音乐，你……不会烦吧？"

"不会，如在清晨散步一般，相当舒服。"

我俩之后一直缄口不语，默默地喝着酒。直到音乐放完，石姐用遥控器关了音响，喝了一大口酒，这才起了话头："你以前都这么孤单？"

"看家本领就是这个。"

"一个人，时间长了挺难受的。"

"是啊，可是自己却不善于追求，只能忍受了。"

"总要学会这些。"

酒意慢慢散布全身，石姐喝得有点多，身体似乎已经发热，脸蛋红彤彤。她旁若无人地脱掉了羊毛衫，上身只有一件白色的吊带背心。虽然我已见过她诱人的胴体，但此时她如一个年纪轻轻又害羞的女生，让人非常迷恋。

我解开衬衣的扣子说道："你以前呢？"

"我以前？"石姐若有所思地说道，"这个可……"

"不想说的话就算了。"

"往事嘛，没什么想说不想说的，都是自己度过的也必须要度过的事情。"

"想听。"

"很长哦，而且我说话一直都条理混乱的。"

"还是想听。"

"好吧。"石姐抿了口酒，把酒杯放在桌子上，又取了一张纸巾擦了擦额头的汗水，似乎在组织着话语。"其实自己落到如今这种地步，最近我才完全明白，早在小的时候就已经种下了因。不是一时造成了这样，而是一种长久的东西。以前总以为是丈夫不对，现在才知道，他也是个可怜的人。对了，还没和你说呢，我都结过婚了，孩子都很大了。"

"啊？"

"不骗你呢。"

石姐起身走进卧室，隔了一会儿拿出一张照片出来递给我。

"看，这是我女儿。"

我拿着照片端详起来，照片里一个约四岁左右的女孩站在一片绿茵之中，满头大汗地笑着。

"可爱吧？"石姐把身子探过来歪着脸也看着照片。

"如精灵一样。"

"唉，可惜她不在了，不然可以让你认识一下的。"

我把照片还给石姐，惊讶地问道："不在了？"

"这是她生前照的最后一张照片。意外，谁都意料不到的意外。"石姐看着照片说道，"女儿本来就是我们的全部，可以说因为她的意外，而导致了丈夫和我的现在。也许怕没有那么简单，可她还是个孩子，她比任何人都可怜……"

石姐放下照片，抿了口酒，长舒了口气，说道："还是从以前讲吧，我这人，总是想到哪说到哪。"

"没事的。"

石姐啜了口酒，说道："在出事之前，我过的一切完全就是教科书式的人生，而且异常顺利。考试想考什么名次丝毫不差，想考入哪所学校也轻而易举，与朋友相处时自己小心翼翼，从没有发生不快的事。在别人想来，这简直不可思议，怎么会有这样的人生？可我就是如此度过的。我也觉得没什么不好，女孩子嘛，最好不要有什么出格的事。其实这样不对的，想必你也了解，就成长来说，痛苦一点才能让自己强大。可自己偏偏就是如此顺风顺水，连不交作业老师都没被查到过。

"可能你都不会相信，自己撒一个不可能的谎言都让人相信，他们没有理由不信，因为那是我说的。我在初中起就已经发现自己拥有这样的好运，我也不知为何偏偏自己会得到上天的眷顾。当时还高兴了很长一段时间呢，又搞了一些小事情来验证，屡试不爽。我从没跟人说过这个，包括自己的父母，心想事成这种事完全没有可能嘛。而且要是真的有人相信，绝对会用极度羡慕的口气说："哇，这么厉害，你一定过得很开心了！'我当然得假装得很开心，不然人家会说你不知足啊什么的。其实这并没有什么可开心的，反而还很难过。"

石姐起身去厨房里拿了一个苹果出来说："俩人分一个吧。"

我点点头。


"总之就是这样，自己越来越孤单，干什么都成了一个人。"石姐坐下来，用水果刀削着苹果皮。"好朋友都没一个，更别提谈恋爱了。家里还有两个哥哥，父母每天都早出晚归，脑子里全是如何挣钱养活我们三个，哪有时间陪我，而且他们一直以来都不善言辞，做事勤勤恳恳，只管闷头干活。"

石姐迅速地将苹果皮削尽，而且从未间断，然后用刀绕着苹果划了一圈，用手轻轻一掰，就一分为二，把其中一半递给我。我吃着苹果，看着她。石姐取了纸巾擦干净水果刀，把它放回原位。

石姐边吃着苹果边说："我上高中的时候，大哥就结婚了，二哥刚刚从大学毕业参加工作，这样一来，家里平时就只有我一个人。那时候我想，这样下去可不是办法，必须要给自己找件事来打发时间的。于是我就跟父母说自己要去学舞蹈，我也不知道那时为何想去学舞蹈，就好像是在跟父母撒娇时随口说出的一样。当然，父母立马就答应了，只是担心现在都十几岁了，还来得及不？不管可以不可以，我还是坚持要去，父母也没再多说什么。

"事情还是很顺利，母亲带我去离家比较近的一家私人舞蹈室报了名。那老师本来也担心我没有舞蹈基础，现在从头去学有点为时已晚，可上了两天课，老师完全改变了看法。这个可是跟好运没有关系，因为我自己对舞蹈还是有点天赋的，我能感觉得到，就像你对某种东西天生就存在感情。很多事情，其实都是百分之一的天赋再加百分之九十九的努力，但没有这百分之一的天赋，就算付出超过百分之九十九的努力还是不行。"

我和石姐同时吃完苹果，我点了根烟递给她，又给自己点了一根。

石姐从音响旁拿来烟灰缸放在桌子上，抽了口烟说道："一生之中，自己认真地去做且做得很好的事怕只有这一件了。很快，我就掌握了各种舞蹈技巧，并且每次跳舞总让人觉得心情顺畅。于是我把重心完全地放在了跳舞上面，虽说如此，但学习也没有落下。学习要是不好了这可是一件不得了的事，父母肯定会大发雷霆不再允许跳舞的。但他们不知道，取得考试高分对我来说，简直易如反掌，所以我一点也不担心。"

石姐调整了一下坐姿，继续说道："三十三岁还有这么好的身材，大部分可要归功于我坚持跳舞哦。其实，刚开始学舞蹈的时候也挺辛苦的，毕竟自己没有基础，身体适应也需要一段时间，每天练完舞回到家全身都发疼。但自己学习起来还算比较快的，而且这也是自己要求的，咬紧牙关也必须好好学。还算不错，自己有那么一点点天赋，再加上拼命努力，很快就获得了老师的认可。后来跳得越来越好，已经把很多人都比了下去，还参加过几次比赛，都拿过名次呢。

"没有什么朋友，其余的事也不用费心去做，似乎整个少年时期是和舞蹈一起度过的。可是如果那时能有朋友该多好啊，哪怕就一个。朋友对于一个人来说，可是非常非常重要的，就像夜空中的星辰一样，一个待在那里，多孤单啊，谁会觉得好看？有时候找都找不到。而很多星星出现时，夜空绚烂美丽，而且彼此还可以借助光亮，多么好。我至今都不知道为何自己那时候会一个朋友都没有，我也有认真考虑过这个问题，可自己在与大家的相处中没有任何差错嘛，为何就是没有一个人愿意和我成为朋友？"

我抽完烟将烟蒂摁灭在烟灰缸里，石姐才抽到一半。

"有一段时间，我非常羡慕那些被别人围着转的人，想要什么样的朋友就有什么样的朋友。"石姐的酒意退去，直接穿上了羽绒服，"自己虽然在所有的事情上，似乎都一帆风顺，但唯独这个，偏偏事与愿违。困惑了好长时间，最后我也不管了，爱怎样就怎样吧，总不能随便拉住个人对人家说：'喂，跟我做朋友吧，我没有朋友啊。'而在这时，因为舞蹈老师的喜爱，自己也成了舞蹈室的辅导老师。一个老师要教很多学生，有时候学生有问题都不能一一顾到，而且有些学生也很腼腆，不敢询问老师。我的工作呢，就是帮助老师给同学纠正一下舞蹈动作，给那些不敢问老师的同学解决疑问。那时候我可高兴了，觉得应该可以交到朋友了。平时，自己跟父母一样不善交流，说起话来没有头绪，做这种事情只需要肢体示范就好了，应付起来应该不难。"

石姐把烟蒂扔在烟灰缸里，倒了一点酒进去，烟蒂"滋"的一声被浇灭。

"我自是特别努力地去做了，况且那时也是非常喜欢舞蹈的嘛。可没有多久，我就发现大家似乎有意地躲着我。以前大家来上完课，独自练习一会儿就各自回家，有交际的只有那几个，我与大家之间也未觉得有任何不快之处。可就是在成了舞蹈辅导老师以后，不知为何大家都刻意躲避着我。我每天都使劲儿地猜测原因，而所有人都对我的态度总是冷冰冰的，我觉得非常难受，就像你诚心地对待别人，他非但不领情，还对你不理不睬视若无物，很伤心的，好几个人如此对你，怕是受不了呢。

"我本来想着，大家既然都已经这样对我了，我又无计可施，只能默然接受了。可是逐渐又发现很多人平时背着我说我的不是，人有时候真的很怪，有些事一猜就猜得到。我终于忍无可忍了，决定要弄个水落石出。我询问了很多人，他们大多都只是付之一笑，说没什么事，是我多疑啦什么的，但其实我心里清楚并不是我自己无端多疑。"

喉咙有些干涩，我抿了口酒，继续看着石姐。

"既然不能从他们口中得知，我就想办法跟踪他们。只要他们有些人聚在一起了，肯定会说来说去，总有一天会让我知道的。"石姐重重地叹了口气，"知道是那样的话，还不如不去知道。对我的打击太大了，导致我以后非常害怕跟人交往。虽然现在想想，那些人也就是嫉妒，在那时可是受不了呢。不管在那里，你表演得好总会被老师喜欢嘛，这是很自然的事。可是当我为大家辅导舞蹈以后，也不知是谁传出来的，说我和我们的舞蹈老师关系不正常，而且我想平时她们背地里说的话肯定非常难听。我那时怎么会受得了这个嘛，我就待在家里不出去，也不去上课、不去舞蹈室，就这样在家里坐了一周，父母怎么问也不说，我也说不出口的。真的是难过到了极点，当时想死的心都有。"

石姐又点了根烟继续说道："我真的不知道该如何解决，只能躲避起来，从那之后，自己再没有去过任何舞蹈室学习。父母本来还想着让我去找另一家，自己喜欢舞蹈的嘛，我当即就发火不再去那种地方了。可是，不去学校可不行，父母天天围着我让我去学校，自己也觉得这样下去不是办法。其实也无所谓，不管在那里，我什么都不想干，就静静地待着就好。"

睡意忽然袭来，我打了个哈欠。石姐眯着眼看着我说："睡觉吧，我都忘了，你明天还要上班呢。睡在这里可以吧？"

我无力地点点头。

石姐让我先去洗澡，她去卧室铺好床铺。

我不知为何，觉得极度困乏，匆忙地就冲完了澡。石姐正坐在沙发上抽烟，她让我先去睡觉。我到卧室上床后，才听见石姐淋浴的声音，不久便陷入睡眠中，连石姐洗完澡来睡在我身边我都不知道。

翌日，早上我还在熟睡中，石姐趴在我的跟前轻轻呼唤着我的名字。我睁开眼，她用羡慕的眼神说："真羡慕你的睡眠质量。"

我起身，呆呆地看着她，她走出卧室，说："快点起床哦，吃饭上班了。"我看了看旁边，床单上面明显有人躺过后留下的皱褶。

石姐已经煎了鸡蛋，买了两根油条，熬了小米粥。

我起床后，石姐为我准备了洗漱用品。我简单收拾过之后，就与她坐在客厅吃起早餐。

"昨晚不好意思哦，我一说话就没完没了。"

"不会的，还想听，实在是瞌睡了。"

"还想听？"石姐把自己的煎蛋推到我的前边。

"想听的。"

"今天下班了可以过来吗？"

"反正没什么事。"

"今天晚上想吃什么？"

"炸酱面！"

"没问题。"

吃完饭后，石姐送我下楼，看着我打到车后，便回到公寓，而我前往超市。


刚换完衣服就紧锣密鼓地忙起来，本来无力的身体渐渐亢奋起来，到了中午已经困意全无。和余叔在办公室吃完午饭后，余叔见我一上午都没精打采让我睡会儿觉，我想晚上可能又要熬到很晚，于是躺在了办公室的沙发上，不一会儿便熟睡起来。中午的一觉，让下午的精神好了许多。且幸亏中午睡了一觉，下午的工作简直让人恨不得把自己一分为二。忙完后已经快六点，我换了衣服后直接在门口打车赶往石姐处。

我直接上楼，敲门发现石姐没在，于是给她打了电话，她让我稍微等一会儿。我点了根烟在楼道里踱步。

刚抽完烟，石姐就从电梯里出来了，她手提着羽绒服，穿着黑白相间的格子衬衣，满头大汗，说："刚刚在附近跳了一会儿舞，哈。"

我和石姐进门后，她把羽绒服扔在沙发上冲进厨房倒了水大口地喝了起来，出来给我倒了杯水，说："昨晚的时候就想跳了，忍到了今天下午。"

"还想去跳？"我把外套脱下，拿起她的羽绒服一块儿挂在了门口的衣架上。

石姐擦着额头上的汗水，笑着说："算了算了，再跳就虚脱了。"

我和石姐休息了片刻之后，俩人一起出去买晚餐的食物。刚下楼快过马路的时候，石姐小心翼翼地说："你，可以牵着我的手过去吗？"

我不假思索地牵着石姐的手，向马路的另一边走去。石姐的手温热柔软，胳膊似乎鼓着劲，但手掌却刻意放松，有种异样的紧张。我抓着她的手，不一会儿手心中便出了不少汗水。过了马路，刚走了几步，石姐松开手，掏出纸巾擦了擦俩人手心的汗水，又试探性伸手碰了下我的手，我旋即捉住。

在菜市场，石姐买了些加工面，拳头般大小的绞肉，两根葱以及一些甜面酱。我从未想到，石姐居然对这里面东西的价钱了如指掌，轻而易举地和各个店主砍价。

我俩很快就从菜市场出来了，回去时我依然牵着石姐的手。

回到石姐的住处后，石姐建议我可以先去睡一觉，她做好饭后叫我。我洗了把脸，躺在床上，却迟迟不能入睡。最后只好作罢，起床来到厨房为俩人泡茶。等待的时间里，我翻看着书柜里的唱片，突然看到那天石姐帮我找到的碎南瓜乐队的那张专辑，说："石姐，你也买了这张专辑啊？"

石姐回头看了看，说："是啊，第二天我跑去给自己买了一张，我又没人送。"

我不知如何回答，只是取出唱片，打开胆机，放入唱片，按下播放键。

音乐缓缓流出，石姐在厨房里一边做着饭一边跟着哼，我又回到书柜前继续翻看着她的唱片。一首歌还未结束，石姐就把炸酱面端了出来。我为俩人倒好了茶水，就坐在沙发上吃面。

我忽然想起自己做得不太成功的炸酱面，便询问石姐："这个面，就按照你上次给我说得方法去做吗？"

石姐咽下口中的食物，点点头说："是啊，你做了吗？怎么样？"

"做了，但不太成功，没这个好吃。"

"那可能是你买的甜面酱不地道哦，炸酱面对甜面酱要求可高了。改天我给你准备一些，你回去的时候带上，用那个做一次试试，肯定会不错的。"

"那可太好了。"

我俩吃完面后，石姐迅速地收拾了碗筷，然后坐在沙发上，点着烟听着碎南瓜的音乐。

石姐思索了一下，说道："昨晚说到哪了？"

"去了学校。"

石姐端起茶抿了一口，继续思索着，说道："其实在哪里都一样的，对我来说，我都不会再跟任何人有任何接触。那样的事，对当时的我来说，打击真的是相当大。记得刚去学校那会儿，我跟谁都不说话，一句话也不说。我们都知道这肯定是不行的，因为就算你不想跟任何人讲话，还是会有些事情需要用言语来解决的。可要是有人跟我主动说话，自己就会紧张到不行，会产生恐惧感，连身上每根汗毛都会竖起来。

"本来我是没有朋友的人，是很想去交朋友的。可在那之后，我就再也不想有什么朋友了，而且极力躲避着人群，不愿意交际。如此这样，发生了一个翻天覆地的变化。改变这种事就是这么简单，你经历了一件对你影响巨大的事情后，就会不由自主地改变。而且这件事，是你无论如何都无法控制，也无法阻止的事。我想你也曾经历过这样的事情吧？"

"我？应该有吧，一时还说不好。"

"应该？算了算了。我确实是这样改变的，并非我自己想要这样改变的，但是没办法，改变这种事很多时候都不由得人做主。

"那时候最讨厌人际交往了，甚至连自己的父母都没有放过。他们一跟我说话，我就会发脾气，其实自己也不想那样，可就是没办法。可想而知那件事对我的影响有多大。高中好歹毕业了，自己的成绩还算不错，可依旧还是没有朋友，没有一个可以倾诉的人。虽然自己特别厌恶跟人交往，但有时看着那些关系特别好的朋友或者亲密的恋人，还是不免会羡慕的，谁不想有个依靠呢？我也没有多坚强，自己一个人躲在房间里想起那件事的时候也经常会哭起来。"

　　石姐深深地叹了口气，喝了口茶继续说道："其他的事还和以前如出一辙，什么都称心如意。即使自己一直不去学校，我想考试成绩也不会有任何问题，就如昨天说过的，自己也不是很会学习，只是每次考试就恰巧出得都是自己会的一些题而已。想要的东西自然而然就会到来，连个期盼的时间都没有。也不觉得开心，也没有什么可难过的事，因为我没有朋友啊，就无法产生很多的情绪。

　　"最怕但又想要的事还是来了。上了大学，大一又不能在外面住宿，只能住在学校，肯定是避免不了与舍友的接触了。我还清楚地记得第一天去学校，虽然是父母陪着一块儿去的，但依然心惊胆战。有个舍友很热情地和我聊天，可能因为已长时间没有和人交谈过，自己怎样都说不出话来，父母在一旁与人家聊得不亦乐乎，自己只能呆呆地看着他们。父母走后，可能大家都觉得我比较腼腆不爱说话，也没有再搭话。我那时心里很是害怕，自然不会主动找人家说话了，于是就这样一直到大一快要结束。"

"有了好转吗？"

"应该是从那时开始的吧。本来我是想着大二的时候去外面自己一个人住的，父母那边也没有什么问题，可就在大一马上结束，自己准备要寻找房子的时候，我遇见了我的老公。他跟我同届，是我们学校化学系的。还有一个月就要放假了，我想着暑假自己可不会一个人跑来这里，于是就准备着寻找房子。我通过一些报纸啊什么的了解到了几个比较中意的房子后，又和房东通了电话，约了看房的时间。那天，下着蒙蒙细雨，我中午吃完饭就出了学校，一直到晚上八点钟才准备返回。可不知为何，那天的车非常难坐，不论是公交还是出租车，我足足等了一个小时，九点过后，才来了一辆出租车，而且上面还坐着一个男孩，但运气不差，他也正好是我们学校的，于是就和他拼车回去。

"就这样，我就和他认识了，他那人，死脑筋，认识我之后就开始穷追不舍。你想想啊，我哪经历过这个啊？每次见他或者接他的电话都紧张坏了，好在还是敢说话了，但总是语无伦次。我连个朋友都没交过，你现在就想让我谈恋爱？简直是要命嘛。于是我就对他说：'我现在真的是不想恋爱，我有很多你不知道的事，我都没有处理好。'他似乎已经是铁了心了，回答道：'没关系，不管你有什么样的事，我都会一直追求你，直到你答应我的那天。'我们就维持着这样的关系一直到大三，我答应了他。"

我大口地喝了杯中的茶，再为俩人添满。

"认识他了之后，我突然对与人相处有了信心，也不再那么害怕了。就这么突然一下子，彻底就变了。我开始跟舍友交谈，虽然有时也会碰到阻碍，但总体来说还是相当不错的。当然也不可能一下子就会成为很要好的朋友，这种朋友还要靠俩人的爱好性格啊什么的来维持。自己很确定已经走出了很大一步，我感觉可能自己的真命天子就是他了，所以自己最后也没去外面住。困惑也就如此简单地化解了，我都有点不相信，可不相信不行啊，事实就真真切切地摆在我的面前。

"我偷偷地高兴坏了，自己终于走出了那个阴影。当然那事我还是没有和任何人说过，自己觉得没有必要也没人想知道吧。我答应了他后，俩人整天腻在一起，其实他也是个脆弱的人，跟我之前的经历也有些相似呢。他自己说也不知为何，碰见我后，就很想跟我在一起，做什么都不由得自己。那时候觉得，一个人存在在这个世界上，真的是因为有另一个人在等待着他。"

我惊叹道："真的吗？"

"其实我也不知道，只是那时候觉得。唉，现实却是很多事情都会变，你总以为，有些事努力就会成真的了，可还是不行，因为俩人都不完整，不能遇到大的阻碍，一旦遇上，就会彻底粉碎。我本来想依靠着他，可以安稳地度过下半生，自己对生活也没有什么要求，吃饱穿暖就行了嘛。谁知那样还是不行的，自己的问题很多，没想到他的问题更多，他更是想依靠着我。俩人都不是那么的坚强，总是要出事的。"


我打断石姐的话，起身去上厕所，顺便点了根烟，回来时石姐正在厨房里煮着泡面，说："下午吃得早，肯定饿了。"

"你一说还真的有点饿了呢。"我跟在她的身后。

"以前在那里上班的时候，晚上两三点最难熬了，大家都东倒西歪无精打采，可又不敢睡觉，要上钟的话马上就得去，总不能睡眼惺忪地去吧。于是我就给大家煮泡面吃，喝点烫心的汤，大家立刻就变得精神抖擞。"石姐边看着锅里的水边说。

我不知如何回答，只看着她。

石姐煮好泡面后，盛在碗里，俩人站在厨房也不出去，端着面"吸溜吸溜"地吃完，我喝了口汤，说道："好一碗烫心的汤。"

石姐捂着嘴哈哈大笑起来。

洗了碗后给茶壶添了水，又坐在客厅里，俩人不语地抽着烟。


烟抽完好久，石姐才开了口："答应他不久，我便与宿舍里的一个女孩要好起来，她平时待人很注意，绝不会跟别人闹出任何不快，总有办法和人相处得完美。这也是之后才发现的，本来还以为她跟我一样认为彼此是惺惺相惜的朋友。可是知道了也不能怎样的，多少也有些生气，但自己又不能对人家说：'你这样可不对，你只能有我一个朋友。'自己说不出来，而且说这种话也不对嘛。"

我和石姐同时端起杯子喝茶，她继续说道："我也不在意了，只要自己认真对待她就行了，她怎样那是她的事，自己不应该追究。能有那样的心态，自己确实和之前不一样了。我不能再因为什么事将自己打回原形，那样可能连他都会失去，我会接受不了的，他对我的确是不错的。恋人的关系，跟父母肯定不一样了，有些话还是不能和父母说的，但是恋人就可以的。他待我越来越好，我就越来越依赖他，也越来越害怕失去他。

"自己以前经历过那样的事，还是会害怕在大学中冷不防出现一件足够击倒自己的事，然后这一切真的就会被自己无情地抛弃。你说那样自己可不就亏死了，好不容易谈了恋爱，且与那人是彼此非常认定的人。而且自己刚刚与他人学会相处，当中也没有出现什么大的问题。我想这事搁在谁身上，他都不愿意失去的。"

我表示同意并轻轻地点点头。

"那，整个大学来说，虽然表面上自己很是开心，拥有了许多，其实心里总是提心吊胆的，而且还不能对任何人说，连他也没有说过。人们说不怕贼偷，就怕贼惦记嘛，那种滋味最难受了。自己也不是杞人忧天的嘛，感觉真的不好受。"

石姐喝口茶，道："你大学也恋爱了吧？"

"我？我高中都没能毕业。"

"哈哈，我可比你厉害哦。"

我诚实道："我对学习一窍不通的。"

"那你之前的事肯定比我还要精彩吧。"

"没有精彩可言，全是白水。"

石姐抬起手指着我，说："要你回忆你之前的生活，你第一个想起来的在哪里？"

我不假思索地说："上海。"

"肯定有事！"

"喂，你还未说完你的吧。"

石姐笑了笑，说："你看我这，好多时候总是不注意就转移了话题，哈哈。那，我改天说完我的事，你讲一讲上海？"

我无奈地点点头。

"今晚早点睡吧，我有些瞌睡了。"话说完石姐就径自去淋浴，留我一人坐在客厅里发呆。

石姐淋浴完后穿着内衣出来，用浴巾擦着湿漉漉的头发，说："你快去洗吧。"

我淋了浴到卧室时，石姐已经睡着了。我轻轻躺在她的身边，不久便入睡。


午夜起身，石姐依然安详地睡在我的身边。再回到床上时，我却难以再入睡。看了看表，刚刚时过五点半，我又点了根烟，想起了阿千。她是否还在熟睡中呢？她家会是什么样子呢？她的大学时期过得会是怎样的呢？

想着想着，石姐似乎醒了，传来窸窸窣窣地找衣服又穿衣服的声音。不一会儿就听见打火机的响声，石姐应该坐在床边抽着烟。我侧身继续装睡，听着她吸烟时烟草燃烧的声音。

石姐忽然俯身吻了一下我的肩头，为我盖好被子，走出了卧室。

我伸手抚摩了一下刚刚石姐亲吻的肩头，大脑一片空白，等待着天明。

起床后，我匆匆吃了早餐就出门准备上班，石姐依然送我到楼下，上车前我轻轻地抱了抱石姐，她一动未动也没有说话，我看了看她，捏了下她的脸，旋即上车。

我上车后，司机笑嘻嘻地看了看我，说："小伙子，小心点哦。"

我并未理睬他，点根烟抽着。

超市的工作还如往日一样，烦琐也不烦琐，简单也不简单，只不过这时段就是忙而已。下午下班后，我回到住处，换了身衣服，认真地洗了澡，剪了指甲，剃须。把衣服洗干净后晾在阳台，然后出门打车前往石姐的住处。

石姐已经做好了饭菜，有红烧狮子头、土豆炒鸡肉、酸辣莲白、牛肉羹，我刚进门落座，看到这么美味的食物，即刻便狼吞虎咽起来。而石姐却慢慢腾腾地吃着，并让我慢些吃，小心噎到。我才不管会不会噎到，不断地往嘴里送着食物。

因为太忙，中午和余叔只是简单对付了一下，确实已经饥肠辘辘了。不一会儿，我俩便统统吃光了桌上的食物，其实大多都是我一个人吃的。

石姐未收拾碗筷，俩人相对而坐休息着，她舒了口气，说："看你吃饭真让人满足呢，年轻还是好啊。"

"都好吧。"

我俩洗了碗筷后，我急忙坐在沙发上等待着石姐，她冲了咖啡，端来放下。

"我还是得想想，昨晚说哪了。"

"整个大学。"

"哦。"石姐打了个响指，"大学毕业后，他就顺利进到一家工厂上班，学化学的嘛。我学的是英语，父母本来建议我考研究生的，但不想再待在学校了，就出来在一家旅游公司里做英语翻译。因为两人在一个城市里，没多久就同居了。工作了两年多时间，他就向我求婚了。也不算什么求婚，他那人大脑没有一丝浪漫色彩的，死板得很，就平常吃饭的时候，跟我冷不丁地说'咱俩结婚吧'。我也没怎么考虑过这个问题，因为毕竟早都认定他了，当即也没说什么就答应了。当然我也不是要非得让他手捧钻戒单膝跪地给自己再说一段感人肺腑的告白，但钻戒起码得有吧。

　　"双方的父母都赶了过来，俩人忙得不可开交，本以为结婚是一件多么美丽的事情，经历了才知道得累到脱层皮。要帮父母安排酒店，还要定酒席、招呼朋友，结婚的那天还要被折腾，真是惨不忍睹。我记得那天一直忙到晚上一点多，两个人一句话也没说，上床直接就睡着了。现在啊我可是非常佩服那些二婚的人呢，明明结个婚那么麻烦，还有心劲来第二遍。你结婚的时候我想也会如此认为的。

　　"我就这样把自己的一生交给了他，大家都勤勤恳恳地在努力，把日子过好。我本来就没什么大的志向，能安稳地度过已经心满意足了。结婚后不久，因为要买房，俩人的工资开始吃紧，他经过朋友的介绍贷款去搞了些投资。因为平时都很谨慎，他在那方面也是的，虽然赚的可能不是很多，但好歹把眼前的困境给解决了。于是俩人决定要孩子了，结婚后一年吧，我就怀上了。"

　　石姐把双腿跷起来，说："怀孕的时候是又辛苦又高兴，女人嘛，有了自己的孩子才算真正地活过。我的工作很简单的，怀孕了以后领导特批在家里做就可以，而且任务量也减少了，那家公司还是挺不错的。我成天待在家里，把工作搞完后出去散散步，他快回来的时候为他做饭。肚子渐渐有了分量以后，成天都害怕她会掉下来，吓得我连门都不敢出。虽然自己清楚这根本不可能掉下来嘛，但是太重了，有时候自己得用手托着她才行。哈哈，我现在想想那时候的自己，就觉得好笑哦。

"生孩子可是世上最疼的一件事了，感觉从开始就要把整个人要撕开一样，最让人受不了的就是撕到一半不撕了，停在那儿了。

"生到一半时，我真的不想生了，受够了！可偏偏这时候她就出来了，真是把人都气笑了。"石姐从兜里拿出上次给我看过的照片，然后递给我。"孩子出生后，就成了我俩生命的全部，什么事都围着她转。他的父母也是很不错的人，经常跑过来帮我们照顾孩子。我第一个孩子嘛，自己在这方面全无经验可言，只能听着父母的安排。孩子一出生，很多要用钱的地方都出来了，他就越来越忙。可是你知道的，我刚刚生完孩子，好久没做那个了，那一阵好想那个事，他每次都匆匆了事，虽然自己心里还想那个，但他确实忙，自己也能理解，也没好说些什么。"

我这时仔细地看着照片上的女孩，她与石姐还有几分相像，尤其是那精致的嘴唇。

"其实一个家庭有了孩子以后，父母之间的关系这时显得更加重要，我俩就是那时候把彼此的依靠丢弃了的，他一心都放在女儿的身上。也不是我不爱女儿，自己的女儿肯定爱了，只是我们不能把自己全部的依靠都放在女儿的身上，因为她毕竟还太小了。我有这样的担心也不是一天两天，我那时真的应该跟他说的，自己也想说，可是就是不知道怎么开口，也怕他会说我无理取闹什么的。可是要是知道会有这样的事情发生，就算他怎么对我，我都会说的，一点也不含糊。

　　"孩子一天天地长大，对我俩越来越重要，这是无可厚非的。可是我最担心的事还是发生了，谁都没有办法的，也不是谁的错。孩子刚刚四岁，已经在幼稚园待了一年了，也交了很多小朋友了。如往常一样，我下班后在幼稚园门口等着女儿。我一般都会提前下班的，因为要照顾孩子嘛，有时候父母过来了自己才能多些休息时间。幼稚园就在小区里面，所以我等到女儿后带着她去菜市场买了菜，真应该时刻牵着她的。我们那个小区保安是不会让人开车进去的，平时根本不见车在小区里的，所以大家都放心地让孩子在小区里玩耍，不会担心有车来往之类的。可是那天，我刚付钱的时候，女儿看见对面卖冰糖葫芦的，一下就冲了过去，她自是不会注意路上有车什么的，突然一辆车开过来，一下子就撞飞了她。"

　　石姐舒了几口气："我整个人都傻了，跟天塌了一样，我可以清楚地感受到身体的每个细胞都在猛烈地颤动，可是我连脚步都挪动不了。那场面，现在想想脊背都是凉的，那么小的孩子啊，她的命怎么会那么苦呢？我和小区的人赶紧把女儿送到了医院，可是刚到医院时女儿就不行了。真的是无法想象，刚刚还在你面前活蹦乱跳的一个小可爱，突然之间就失去了生命。我就算再悲伤也得撑住，因为我知道，我丈夫那人肯定要崩溃了，我已经做了最坏的打算，可没想到比我预计的还要严重得多。

"他简直崩溃到了极点，成天无心再做任何事，一会儿说女儿还在，一会儿又要去找人家那个开车的人算账。说到那个开车的人，其实他也不是有心这样的，这种事谁愿意发生啊，他给我们赔了许多钱，但是丈夫还是完全接受不了这件事。我也安慰了他，我们还年轻嘛，还可以再生一个的嘛，但无济于事，他根本听不进去。生意和工作他也全不理睬，整天喝酒，喝醉了就发脾气，酒醒了又哭得跟个孩子一样。我也心疼，可是再这样下去我就会撑不住了呀，他怎么就不明白呢？

"女儿走了半年时间，我真的撑不下去了，我太累了，就回到父母那里休息了几天。等我回到家的时候，丈夫已经自杀了。悄悄地死亡，谁也不知道，我要是不回去，可能永远都不会有人发现。那时候人都疲了，连悲伤都不知道怎么悲伤了。我联系父母安排了他的后事，自己也不想在那里过下去了，于是就带着家里的钱出来了，我也不知道自己要去哪里，反正就是不想再与以前有关系了。来到这里的时候，我遇见了大学时期的那个好友，于是就暂时住了下来。"

她停了一停又说："毕业的时候，我听说她是跟着男友去了北京的，可是不知道为何她会出现在这里，她也没说，而且她是在那里一直上班的。我这个年纪，有时候也想那个事，丈夫不在了嘛，自己又不想再与任何人有什么牵连了。喂，不会觉得我有点色情吧？"

我急忙回答："没有没有，只是需要。"

　　"就是，需要而已。我知道她在做那个以后，经过一段时间的心理挣扎终于想通了，于是就跟她说：'我要去你那里上班，你安排一下吧。'她听了我的话后非常惊讶，让我再好好想想不要意气用事，还说：'我知道你可能是一时冲动，你不是那种人的，你要考虑清楚。'我确实没什么要考虑的，人生在世嘛，不就是那点事，而且自己也想做那个事。后来她还是同意了，于是我就这样在那里上班了。"

　　"她是18号吧？"

　　"哎，你怎么知道？"

　　"你能替她工作，说明你们的关系不错了，我想你在那里也只有她一个朋友了。"

　　石姐恍然大悟地说道："哦，对，你那天叫的本来是她。"

　　"我那个朋友向我强烈推荐的她。"

　　石姐坏坏地笑道："那，你想不想去和她快活一回呢？"

　　"不了吧，错过了就不去想了。"


　　我和石姐点了根烟，她的眼睛一直找不到可以落定之处，转来转去，我捏着烟嘴，想着她经过的痛苦的事，要是放在我的身上，我可能比她还要承受不住。

　　"那天一见到你，就想跟你做那个。"石姐开了话头，"我几乎没有这种情况的，一般是为了需要嘛，双方都是。可是一见你就不行了，特别想的那种，你倒好，中途腿还抽筋了。”

“不好意思。”

“没关系啦，最后表现还是不错的。”

石姐起身摸了摸我的头发，然后就去淋浴，我坐着抽完烟，然后进卧室铺好床铺，回到客厅时，石姐已经洗好出来。我简单地冲了澡，回到床上。石姐挪了挪身子，我上去，她侧身伸手搂着我的腰。

石姐问："那个女孩怎么样了？"

"她想认识你。"

"算了哦，你打算怎么给人家介绍我？你在洗浴中心认识的一个善良的姐姐？哈哈。"

"……"

"睡觉吧。"

话说完，石姐就闭上眼睛，鼻尖贴着我的肩头，手依然搂着我。


因为明天要给石姐讲我之前的事情，所以我迟迟未睡，一直在脑子搜刮着自己的往昔，把自己选择要彻底忘记的事情全部拖出来。第二天，我仍在这种状态中浑浑噩噩地度过，还不时地自言自语。有时候，你真的想要把自己经历过的某件事彻底忘记是不可能的，因为你要不断地去忘记，就要不断地想起才行，我很明白这个道理，所以一直未理会过那些事情，才会逐渐真的忘记。好歹在快要下班的时候，好多的记忆都被自己挖了出来。

到了石姐的住处后，我和她如前几日一样先吃饭。

"你高中从学校出来后就一直在这里吗？"石姐问。

"没有，我来这个城市还不到半年。"

"那你之前在哪里呢？"

"上海。"

"为何要去上海呢？"

我叹了口气，点了根烟，边抽着烟边回忆。

我从小学到高中，不知为何，不论用什么方法、怎样去努力都无法取得好成绩。父母也看到自己一直很努力，后来高中的时候，自己选择不再念书，父母也没怎么反对。

因为家在农村，所以除了念书，就是和村里的伙伴跑出去玩，山间河里、树上田野，只要能让我们在一起疯的地方几乎都去了。在我家的隔壁有一个比我大两岁的哥哥，小时候叫他龙哥哥，长大了就直呼小龙了。我之前的生命中，几乎所有的事情都与他有关。

虽然他大了我一届，但小学还是在一个学校的，平时一起去学校一起跑出去玩耍。初中的时候俩人又在一个学校，这时候，我才发现他变坏了。我那时是那样认为的，在这时看来，那也没有什么，你不欺负人，就要被人欺负，谁愿意选择后者？他像一个大哥哥一样一直保护着我，让我得以在整个初中不被人欺负，我很感激他。

初中毕业他就不再念书了，去了城市里混。我在第二年进了一个不用考试只要交钱都可以上的高中，自己无心念书，每天游游荡荡的。那时候还经常和他联系，突然有一天，也就是我刚上高二的时候，他找到我，对我郑重其事地说："我要去上海了。"

我惊讶道："上海？"

"嗯，这个地方太小了，抽根烟都能转遍了。"

人总是向往着大城市，这是一件再正常不过的事情，但当时我还是有些难过的。

我还是和以前一样，在学校中努力却又收获不到结果地学习着，高三开始后不久，自己突然特别厌恶学习，厌恶学校这个地方。回到家对父母说自己不想再去学校了，不愿在那里过下去了。父母劝解了我，让我先去吧，好歹等到高中毕业。我无奈又回到了学校，这次去本想着熬过时间就好，可偏偏自己就是坐不住，一在学校里就烦躁。所以我又向父母提出自己辍学的要求，父母见我心意已决，也没再说什么。

从学校出来后，我也不知道自己该去干什么，相当迷茫，一头雾水。我成天无所事事地在家里待着，高中那时候自己喜欢上了看小说，待在家里正好可以不被别人干扰地好好品味。那段时间可看了不少书，海明威、菲茨杰拉德、大江健三郎、马尔克斯……父母也是想着等我十八岁了以后，如果自己不去外面找工作，他们就先安排个轻松的事情让我去做着，我没有任何意见，等待着十八岁的来临。

十八岁刚过不久，小龙就给我打来了电话，询问我毕业后可否愿意去上海，因为那时候已经快临近毕业了。我告知他自己一直在家里闲着，于是他极力让我去上海找他。我和父母商量了一下，父母只说让我自己考虑就行，我觉得反正在这里也没有自己想要做的事情，去上海也未尝不可，就这样，我只身去了上海。

小龙叫我去上海的原因很简单，因为他的女友怀了孩子，而俩人发现的时候已经太晚，只能做引产人流，小龙每天都要上班挣钱，所以叫我去照顾他的女友。我本来也没想什么的，现在嘛，做人流是很正常的事情，而且我俩的关系一直很好，帮他照顾他的女友也不是什么难事。

我那时和小龙住在一起，他住在比较吵闹的市区，我不太喜欢那种地方，但那里离医院比较近，而且自己刚来还不太熟悉就没挑剔。早晨起来后给他的女友打电话，询问她今天想吃什么，去医院的时候帮她带上。在医院的时候，她偶尔和我聊一些关于小龙的事情，她睡觉时我就坐在旁边看书。中午帮她打饭，自己出去吃一些想吃的东西，医院的饭我吃了一回就不想再吃了，真的不好吃。小龙下班了就会过来，而我就会回去休息。

我刚去上海两天吧，晚上十点的时候，小龙急匆匆地给我打来电话，说赶紧让我赶去医院。我一路小跑到医院，赶到病房时里面却没有人，我给小龙打了电话，他让我去手术室。他正坐在手术室门口，手里拿着烟，因为医院里禁烟的规定一直未点。我过去坐在他身边，他一直没有说话。

过了大概有半个小时，手术室里出来了一位医生，他看着小龙叹了口气，说："手术结束了，大人没什么事情，孩子你自己处理吧。"

小龙把烟装进兜里，没有说话，进了手术室。

我跟在小龙的身后，他的女友正躺在病床上，满头大汗，微闭着眼睛在哭泣。一位护士在给她打着点滴。小龙看了看他的女友，又转身走向手术台，那护士表情难受地走开了。

小龙走进那个小筐，看了看里面，伸手掏出了刚刚装进兜里的烟，护士"喂"了一声，小龙又把烟装进了兜里。

我走到小龙的身旁，看着里面。那时我就觉得，那个画面会是我这一生的梦魇，如何都逃脱不开了。小筐里在一片白布上面，躺着一个手掌大小沾满血的孩子，还不能清楚地确认是不是孩子，但我第一眼就觉得那是个孩子，我想小龙一定也这样认为。我突然胸口发闷起来，一股液体从腹部急蹿上来，我赶紧跑到垃圾桶旁，大量的酸水被我吐了出来，之后我又使劲地收缩腹部，想一吐为快，眼泪都被挤了出来。

小龙继续在那里站着，那边还传来塑料袋的声音。我不敢回头，一直趴在垃圾桶旁。小龙提着一个塑料袋，走到我身后说："走！"

出门后，我就腿软了，坐在了医院门口的台阶上。小龙也坐了下来，他点了两根烟，递给我一根，说："我对不起她。"

我没有说话，沉默地抽着烟。

打了车后，小龙对司机说了一个我不知道的地名。这时我发现他的手一直在发抖，他紧紧地抓着座椅，还是无济于事。我打开窗户，让外面的风尽量吹进来，脑子里却全是刚刚看见那个孩子的画面。

他带着我来到了一片树林，我俩都不说话，只管朝里面走去。不知不觉，他走得越来越快，已经跑了起来，我紧紧地跟着他。突然，他被什么东西绊了一下，摔倒在地上，我也被他绊倒，我俩倒在树边，大口地呼着气。

呼吸平稳了之后，他坐起来，在身旁用手刨着土，我点了两根烟，递给他一根。然后和他一起用手挖了一个篮球般大小的坑。他把孩子放在里面，毫不犹豫地用土将他掩埋。多么让人心颤，我俩亲手结束了一个生命，我俩有何权力不让他活在这个世界上。

十八岁，刚刚十八岁我就杀了人，虽然无人知晓没有任何责任，但这一生我永远都无法原谅自己。我就如一个罪犯，成天提心吊胆地生活，生怕偶尔间会想起那个孩子。

我和小龙回到医院后，俩人坐了一会儿他就让我先回去睡觉了。之后我还是如刚来那会儿照顾着他的女友，但每次我一见到她就不由自主地想起那个孩子，我特别难受，只能期盼着她快点恢复。

小龙女友身体还未恢复的时候，我就在上海的郊区租了房子，自己一个人住。因为我太害怕见到他俩了，去医院已经够让我难熬的了，晚上还要回去他们的住处，真有点受不了。我没办法，如实跟小龙说了，他没说任何话。他女友身体逐渐好转，我去的时间也少了，于是就找了份工作。

大概过了快一年的时间，我在上班时小龙打来电话，我没接到。晚上回去的时候，我看到他发过来的短信："我与女友分手了，想找你喝酒。"看了短信后我就把小龙从我的通讯录里删除了，并且发誓今生再不会见他。

石姐伸手擦了擦我眼角的眼泪，说："不是你的错，别太伤心了。"

"我那时劝一劝他也许会好一点的。"

石姐说："毕竟那时候太年轻，要个孩子会出现很多问题的，他们可能也考虑过，应该是没办法的办法了。"

"我俩那样做，可能真的错了。"

石姐站起来走到我旁边，把我的头抱着，我靠在她怀里，久久不能原谅自己。

回忆往事真的是一件很辛苦的事，在石姐的怀里，我已觉得睡意降临，只好冲澡睡觉，躺在床上后，还没等到石姐来到就已沉沉睡去。

早上我和石姐吃完早饭后，她给我准备了些甜面酱让我带回去，临走时我看见垃圾桶里有一个拳头般大小的钟表，在她未注意时我捡起装进了袋子。

走在路上，石姐问我："今天初几了？"

"大年初四。"

"这个春节幸亏有你。"

"彼此彼此。"

石姐依然像以前一样送我上车后才回去。

中午忙完后，领导给我和余叔放了半天假，让我俩早点下班。余叔邀我去他家吃顿年饭，我以瞌睡为由拒绝了他。

我回去后第一件事就是把在石姐那捡的钟表装进自己的收纳箱里，我拿出阿千的那颗纽扣，想起她那天在河边打水漂的姿势不禁笑了起来。我很想给阿千打电话，但一想现在还是中午，而且正值春节，肯定比较忙，于是作罢。

我把纽扣重新放回收纳箱，然后收了阳台上的衣服，全部叠好归整在衣柜里。烧了些热水，先将所有的房间彻底打扫一遍，然后用抹布再擦了一次，最后拖了地。干完这些已经快三点钟了。我坐在阳台上翻阅起菲茨杰拉德的《了不起的盖茨比》，但不知为何，我的心里特别烦躁，完全看不进去，坚持了一会儿无所改善，于是合上书出门前往石姐的住处。

我赶到时，石姐正准备出去跳舞，我无事可做，决定前去欣赏一下。

石姐带着我从她的公寓出来，走了不到十分钟的时间，就进了一座大厦，坐电梯到五楼后停下，一出电梯，就是一个宽阔的舞蹈室。一个四十岁左右的女人站在最前头，看见石姐后微笑着点了点头。

石姐脱了外套，让我坐在一旁帮她拿着衣服，说完她就走到一边做着一些热身运动。不一会儿，有许多的人接踵而至，个个把外套脱了放在一边，然后在里面开始做跳舞前的热身运动。刚刚和石姐打招呼的人默数了一下里面的人数，然后拍拍手，让大家站整齐，接着舞曲就在里面响了起来。

我抱着石姐的衣服，提着水瓶坐在一边看着她优美地舞姿，每当石姐看向我这边时，就会使劲儿地朝我眨一眨眼，旁边的人纷纷用奇怪的目光看着我。

一曲舞结束，石姐过来坐在我身边，大口地喝着水，我取出纸巾递给她。

"怎么样？"石姐边擦着额头的汗水边问。

"酷！"

石姐靠着我休息了一会儿，大家开始准备跳第二曲舞蹈，石姐起来走到人群中。

跳完第二曲舞蹈后，石姐就和我走了出来，不知为何，从舞蹈室出来后，她的情绪显得有些失落，一句话也不说。我俩沉默地在大街上转悠，暮色刚刚降临，石姐说她饿了。她带着我来到一家肯德基，她点了汉堡、炸鸡腿、蛋挞，还有可乐，我要了两个汉堡和一杯可乐。她依然没有说话，只是吃着食物。

吃完饭后她依然不说话，俩人回到她的住处，轮流淋浴，然后睡觉。晚上，我一直没有睡着，静静地听着她的呼吸。深夜的时候，我听见她轻轻地哭泣了起来，并伸出胳膊紧紧地搂着我。

我不知如何安慰她，只能继续装睡。

突然，她身上的那股悲伤又袭入我的身体之中，我屏气凝神努力思索着这到底是什么东西。原来，那是一种悲伤到死的孤独，让人悻然到不能呼吸的孤独，而且石姐不论做何种努力，都无法将这种孤独驱赶，她只能默默忍受，一直到死。

早晨，我起来时她还在沉睡中。我起床洗漱了后，出门买了两碗稀饭，一笼包子，带回去吃了一碗稀饭和三个包子，剩下的留在桌子上。这时候石姐依然在熟睡中，我坐在床边看着她抽了根烟，便俯身吻了一下她的肩膀，然后为她盖好被子。

从卧室出来后，在卫生间接了些热水，把厨房里彻底打扫了一下，然后再一一把书柜、桌子、音响以及卫生间用抹布擦干净，水倒掉后休息了一会儿，再把整个屋子拖了两遍，然后抽了一根烟，把垃圾整理好装进塑料袋。

　　走时我去卧室看了看石姐，她还在熟睡中，我没叫她，轻轻关上门，提着垃圾离开了。

06 ////

大年初五，喜庆的愉悦仍然洋溢在人们的脸上，热闹的景象还是不见任何要减弱的意思，我的工作还是有条不紊地进行着。

中午的时候，刚准备吃饭时有一批货要运来，我和余叔无奈只得先卸货清点。因为司机师傅也赶着要早点去吃饭，于是和我们一起卸着货品。我刚搬了几箱，阿千悄无声息地已经站在了我的面前。阿千穿着黑色呢绒大衣，右肩挎着一个白色单肩帆布包，围着红棕相间的围巾，牛仔裤的裤脚塞进棉靴里。阿千看起来情绪不太对劲，目不转睛地看着我，眼睛看起来有些红肿。

我看到她后，立即对她说："等我一会儿吧，把这些弄完。"

话刚说完没一会儿，阿千突然抽泣了起来，大家纷纷地看着我俩。

我放下手中的箱子，赶紧把她拉到超市后门的路口说："怎么了？你可别哭啊，我最不会哄女孩子了。"

阿千擦着眼泪带着哭腔说道："你快去请假，我有事。"

我觉得还是干完手头的事为好，道："迟一点可以吗？我这正忙着呢，把这货卸了就可以了。"

阿千随即大声哭了起来，并喊道："不行！不行！就现在！"

我赶紧安抚她，道："好好好，现在。"

阿千的哭声减小了，但还是小声哽咽着："真的吗？"

我说："那，你在这等着，我现在去请假，一会儿就出来，可以吗？"

阿千点点头。


我跑回超市，拉货司机与余叔都笑嘻嘻地看着我，以为阿千应该是我的女友。我和余叔说了自己要请假的事，余叔让我只管放心去，他一会儿去找经理说。我没过多地考虑，换了衣服就往外走。因为我自上班以来还未请过假，且春节期间也一直在岗，经理应该会答应的。

我出去时阿千还是站在刚刚的位置依然哽咽着，用纸巾擦着眼泪。

"走吧，吃饭去吧，我都饿得头晕目眩了。"我确实感到了饥饿。

阿千破涕为笑，道："那你还非要干完。"

"半途而废，不好吧。"

"饿着肚子更不好吧。"阿千嘟嘟嘴，看着我，还做了个鬼脸。

我和她从超市的后边走到前面的正街，阿千的情绪看起来好了许多。我想起上次与她的通话，于是就回想着街上火锅店的位置。阿千从包里取出水杯，喝了口水，递给我问我喝不喝，我摇摇头继续想着火锅店的位置。突然，我想到在余叔家开的餐馆隔壁的街道上好像有家火锅店，于是和阿千向那条街道走去。

阿千走在我的旁边，问道："吃什么呀？"

"火锅！"

"酷！你还记着呢啊。我还要喝啤酒，在家里的时候做梦都想吃火锅，再喝些冰凉冰凉的啤酒，简直棒极了。"

记忆好歹没有出错，站在街口时就看见了那家火锅店。阿千兴高采烈地朝店里跑去，我进去的时候她已经找了位置坐下，把包放在身边，看着菜单。我坐在阿千的对面，为俩人倒了茶水。阿千一直问着我要吃什么，我让她随便点，她皱皱眉瞅瞅我，然后用笔在菜单上勾画起来。

她点好菜之后就把菜单拿去给老板，然后回来坐下抿了口茶水说道："你为什么过年不回去呢？"

"超市没有假期的。"

"不会吧？"

我叹了口气，道："现在的过年已经一点都不像过年了，自己回去了怕还是窝在家里看书，反正在哪里都一样的。父母也没有非要我回去，所以自己就不想回去了，还少了许多麻烦，再者，自己……"

老板端来了锅底，放在了桌子的炉架上，并在桌子一边打开了火。

"再者什么？"

"有些人不想再见到。"

阿千眯着眼睛说道："初恋女友哦？"

"我都还未谈过恋爱呢。"

"真的假的？"

"我……我骗人我把这个喝了。"我指着刚刚端来的锅底说。

阿千捂着嘴哈哈大笑起来。

"真羡慕你。"阿千掏出手机，在开机。

"我正想和你说这句话呢。"

阿千把手机放在桌子上，说道："人就是这样，你羡慕着羡慕你的人，人人都是如此，不觉得自己的生活是好的，总认为别人比自己要好。"

我琢磨她的话，端起杯子抿了一口茶。

阿千低头看着手机。

锅里的水已经快要沸腾，这时，老板端来了菜，我接在桌上。阿千把手机装进兜里，然后端着菜下在锅里。我去前台处要了一瓶冰镇的和一瓶常温的啤酒，回去把两瓶都打开，给俩人倒上。

阿千端起啤酒，说道："干杯！"

我举起酒杯与她碰杯，并说道："凉得很，慢点喝。"

阿千一饮而尽，说："就要喝凉的嘛。"

我也将杯中的酒全部喝光，然后再为俩人倒上，在锅里加了点菜。阿千的手机突然响了起来，她掏出来看了看，没接。等到铃声结束后，她关掉了手机，装在了包里。


锅里的菜已熟，俩人不再言语地吃着。

吃完饭的时候阳光照了进来，阿千可能因为喝酒的缘故脸蛋红彤彤的，一直用手背冰着脸。我俩看着窗外的阳光休息了一会儿，我准备起身时，阿千却跑去前台结账，出来时对我眨眨眼，道："过年我可赚了不少呢。"

出来后，我和阿千漫无目的地在街道上游荡，她拉着我的手，用手背冰着她的脸蛋。等到她的脸不再那么红以后，她才放开我的手，摇荡着身子，手插在大衣的兜里。我跟在她的身后，不断地抽着烟，她不时地回过头笑着看看我又回过头。

拐过一个路口后，阿千突然看见一个吉他店，于是停在橱窗外面看着挂在里面的吉他。可能她离得太近，没看见橱窗的玻璃，想进去看那个吉他，于是就直愣愣地撞在橱窗的玻璃上，里面的人诧异地看了看她。阿千捂着脸急速跑开了，我紧追着她。她一直跑到路边的一个长椅边，看了看我后，就坐在了椅子上。

我过去后坐在她身边，她还是捂着脸，伸手打了一下自己："哎呀，丢死人了。"

"没人看见的。"

"有！"

"我不管我不管，你得赔偿我！"

"啊？"

阿千把手拿开，作思索状说道："要不，你教我弹吉他吧。"

"没问题！"

"不许耍赖。"

"嗯。"

两个人坐在椅子上没再说话，晒着太阳一直看着街上来来往往的人群。她取出包里的水杯喝了一次水，我抽了一根烟。我刚抽完烟，阿千就把头靠在我的肩上，然后小声地说道："瞌睡了，今天坐了一大早的车。"

"那回去睡觉吧。"

"不想去。"

"瞌睡了嘛。"

"我们去看电影吧。"

"瞌睡了怎么看电影。"

"哎呀，就要去。"

"走！"

阿千带着我打车到了一个稍微繁华的地带，一路上她都迷迷瞪瞪似乎要睡着的样子。下车后她看起来才有些清醒，在热闹的街市中找到一家电影院，俩人进去买了最近开场的票，坐在大厅里等了有十分钟左右就进了演厅。

前面三排都是独立的座位，中间有四排是两个独立的座位，似乎应该是情侣座，阿千带着我走到第二排情侣座最后一个座位坐下。

电影开始了，阿千伸手挽着我的胳膊，头靠在了我的肩膀上，还没看完广告，她就睡着了。我并没有什么心情看电影，而且现在的电影大多都是用低级无聊的笑话或者利用影片中人物的生理缺陷来获得观众的追捧，再不行就让男女主角大尺度上演激情戏码。电影似乎快要成为一个低贱的乞求者，不能作为文化传播的媒介而存在了。

众人一会儿哈哈大笑，一会儿窃窃私语，一会儿吃着手中的食物。我掏出纸巾擦了擦阿千嘴角的口水，然后伸手摸了摸她的脸颊，阿千呓语着摇摇头。我收回手，闭上眼也想入睡。


电影结束后阿千还在熟睡中，我并未叫醒她，坐着等她醒来。不一会儿影院的工作人员进来了，告知我此厅马上要再次播放电影，我麻烦他去前台帮我再买两张票。工作人员再次来到身边，说我们坐着的位置已经卖了出去，他只买到了最后一排情侣座的票，我道了谢，他直接检了票然后离去。

我叫醒阿千，她站起来摇摇晃晃准备出去，我扶着她提着她的包走到刚刚影院的工作人员为我们买的座位边，道："想睡就再睡吧，我再看一场。"坐下后，阿千笑了笑，继续挽着我的胳膊，头靠在我的肩膀上睡了过去。

阿千刚刚再次睡着，就有人陆陆续续从入口进来，各自找着自己的座位坐下。播放的已经不是刚刚的电影，我本想看一看，可谁知电影一开始就出现了一个跟老蒋极其相似的男孩，于是我又把思绪转移到了老蒋的身上，电影播放的是什么全都不知。

电影播放到一半的时候阿千醒了，她一动不动地看着电影。电影快要结束时，她伸手拿过包取出水杯一饮而尽。出来之后，我在前台帮她接了些开水，然后她去洗手间洗了把脸。

从电影院出来时，天色已经暗了下来，许多店铺与大厦上的霓虹灯竞赛般地闪烁着。出来后阿千似重新被充满了能量一样，拍拍我的肩膀，道："走，我们现在去骑车兜风！"

"已经晚上了。哎，明天吧。"

"不行！"

"唉。"

阿千拉着我的手向街道的另一边跑去，跑过马路，在人群中穿梭着。这情景跟圣诞节那天简直一模一样，她的手还是那么柔软，她的短发依然随着身体的跑动而起伏。我紧紧抓着她的手，生怕要是一松开就再也抓不住了。


跑过两个街口，阿千就停了下来，她手搭在我的肩上，把重心靠向我，大口地喘着气。我帮她取出包里的水杯，然后递给她，她却摇摇头。

等她的呼吸平稳了以后，她径自走向了旁边的一个自行车行，我站在门口看着她，抽着烟。阿千进去后看着我指了指她身边的一辆飞鸽女式自行车，我点了点头。她用手做出"OK"的姿势，然后和老板攀谈了一会儿，从包里取出了似乎是证件的东西给了老板。老板跟她不停地说着话，阿千显得有些不耐烦，不时地回头给我做个鬼脸。老板终于说完了，阿千兴高采烈地推着车子出来。

"你载我吧。"阿千把车子停在我的身边说道。

"你指路哦。"

"没问题。"

我把阿千的包放在前面的篮子里，骑上车子往马路上行驶，阿千双手抓着我的腰部，跳了一下坐在了后座。

因为路上的车辆较多，我慢慢地在路边行驶着。阿千拍了一下我的背，伸手指向前面的路口，道："拐那里去，去车少的地方。"

我依照她的指示在路口拐弯，果然，这条路上的车辆很少，走了一会儿我才明白，这是她的学校后门处。时值学校放假期间，而且已经是晚上了，别说车辆，连行人都寥寥无几。

阿千双手搂着我，身子靠着我的背，柔声道："现在骑快点嘛。"

我加快速度，因为没有什么车辆和行人，所以不用太担心。

阿千坐在后边大声地喊叫着。

车速越来越快，已经明显感觉到冷风肆意地从领口钻了进去。我回头看了看阿千，她拍拍我的背，说："司机师傅，注意前方哦。"

我带着她围着她的学校转了两圈，阿千显得特别高兴，喊叫到嗓子已经快哑了，中途她喝了一次水，后来又唱起张国荣的《心跳呼吸正常》。

夜越来越深，也越来越冷，我担心再转下去可能会着凉，于是坚持不再转了。阿千意犹未尽地嘟着嘴，说："那，我们俩去吃点东西，把车子先放在我学校里面吧，等明天早上我再去还。"

我和阿千推着车子来到她学校前门的一个小吃街，我找到一家面馆进去要了一碗炒面，阿千想吃零食，一溜烟跑了出去。我吃面的时候她手里提着一些鱼丸、炸鸡翅之类的进来。她给了我一个鸡翅，我就着面吃掉。

两个人吃完饭后，推着车子进了她的学校，她把车子锁在学校里面的一个商店前面，并进去和店主打了招呼。

阿千带着我似上次一样小心翼翼地走到她的宿舍附近，再绕到后面她宿舍的窗户下。她把竖的铁栏杆用手轻轻一推，然后再拉了下来，如此拉下三根铁栏杆，让我爬窗户进去。我进去后，又拉着阿千进来，她进来后趴在窗户上把铁栏杆一一拉上去，回归原位。

"酷！"我看着她说道。

"哈哈，以前晚上和舍友回来晚了就这样进宿舍。"阿千拍拍身上的灰尘。

阿千打开手机，借助着光亮走到宿舍里面，然后在侧面的床上找到一个手电筒。手电筒似乎好久没有充电了，只有微弱的光亮，只能看见宿舍两旁的架子床，其余一些东西都模模糊糊的。一进到宿舍就闻到一股少女独有的那种香味。阿千借着光亮在刚刚拿手电筒的床上拿出一套睡衣递到我手里，说道："去洗澡吧，刚刚从窗户进来的旁边就是卫生间，应该有热水的，穿我的睡衣，咱俩个子差不多，应该合身的。"

我接过睡衣："那，我睡哪张床？"

"你睡我的床，我睡别人的。"阿千继续在床上寻找着什么。

我脱了外套推推阿千，阿千转过身，用手电筒照了照从阳台进来的门边的小桌子。我过去把外套放在上面，然后脱了裤子和羊毛衫——放在桌子上。然后抱着阿千的睡衣走进卫生间，打开灯淋浴。阿千的红色睡衣上印些许多"Hello Kitty"的图案，上衣无袖，裤子到膝盖处。

我穿着阿千的睡衣从卫生间出来，阿千坐在床上用手电筒照照我笑了起来，道："很可爱嘛。"

"我不喜欢'Hello Kitty'。"我故意瞅着阿千说道。

阿千伸出舌头，道："不管，只能穿这个。"

阿千就把手电筒递到我手中，拍了拍她坐着的床说："你睡这个床哦。"

说完后她就起身走进卫生间。


我把手电筒放在床边，躺在床上。这时，我很想喝水，于是起身找到阿千的包，从包里拿出水杯，把里面的水一饮而尽。用手电筒照了照周围，发现在门口的角落处有一个饮水机，我前去把水杯接满。我从自己的衣服兜里取出烟和打火机，上床点着烟。

抽到一半时阿千出来，我用手电筒照着她，她只穿了一件大号的白色短袖，上面印着阿狸的图案。

阿千两步走到我的面前，把我手中的烟夺过去，扔在地上，然后掀开被子躺在我身边，道："晚上不准抽烟！"

我侧着身子看着她说："不是你睡别人的床吗？"

"我想睡哪里就睡哪里。"阿千得意似的眯着眼睛摇摇头说道。

我只能侧着身子躺下，阿千把我的胳膊拉直，然后枕在上面。

阿千贴着我的胸膛，道："对不起，我今天真的好想好想见到你，本来情绪已经差到极点了，但一见到你，就全好了，谢谢你。"

"到底是对不起还是谢谢？"

"哎呀，你别说话！"阿千用头顶顶我的胸膛。

"我想了好几天了，我觉得我应该喜欢上你了。"

"别意气用事。"

"我说的是真的，如果你不喜欢我，说一声就行了，我不会去烦你的。"阿千抬起头看着我。

我没有回答，伸出另一只手搂着她。

阿千把头埋进我的胸膛，过了一会儿吻了一下我的脖子说道："好好睡觉吧。"然后回归原位闭上眼睛。

翌日醒来时，阿千正坐在床边看着我，说："醒啦？想要喝水不？"

我点点头。

阿千端来杯子，我将里面的水一饮而尽，然后把杯子交给她。

阿千放回杯子并说道："你睡得真是舒服呢，一呼一呼的，可惜你不说梦话，要不就能知道些秘密咯。"

我坐在床上，在床头处拿出一根烟刚点着，阿千便一把夺过烟，道："早上起来也不准抽烟，你快起来洗一洗，我出去买点东西，给你做顿好吃的。"

"宿舍还能做饭？"

"当然可以咯。"

说完，阿千把烟扔进了卫生间，然后把头从窗户探出去看了看，确认没人之后把铁栏杆依照昨天的方法拉下去，从窗户出去。

我起床穿上衣服，先给余叔打了电话，让他帮我再请一天的假。余叔说下午的时候货会多一点，如果中午后能赶去的话尽量过去，我答应了他。挂掉电话后去卫生间简单洗漱了一下，出来后坐在床边等待着阿千回来。

我转身叠好被子，发现在侧边的墙上贴着一张纸，上面写着：

> 我很爱你，却不知道该如何靠近你，所以觉得离开也是可以的。并没有什么不同，结果反正都是这样，是好是坏都不重要，重要的是我曾经迷恋你，就像我迷恋一把晚清的雕花椅。

没有任何落款和日期。

我看完后在周围继续找着是否还有类似的纸张，果然，在上铺的床头木板处也贴着一张，上面写着：

今年才刚刚来临，自己有了一个最大的转变就是不想自杀了，而是想活得久一点。活着的时候就尽量漂亮健康有尊严，衰老到有一天晒着太阳头一歪就死了最好。为活得久我必须进入人生的省电模式：比如只爱一个人，认真地去做一件事情，保持三五好友，整理房间，少看新闻，不要求被人理解，放弃相信世界会变好，但是相信自己会过得更好。

一月十四日

我看着日期，忽然想起来一月十三号是阿千的生日啊，难道这个是她那天写下的？第一张纸条上面的话我怀疑是写给老蒋的，而第二张应该是写给她自己的，我寻找着是否还会出现跟自己有些牵连的话语，但最终都没发现，心中多少有些失落。

我坐在床上审视着整个宿舍，宿舍的两旁有六个架子床，下边是床铺，上边是一些书籍和生活用品，所有床上的被褥都卷了起来，上面盖着一些报纸。门口处的一侧墙角有一个饮水机，另一侧是衣柜。阳台的门口进来有一张桌子，上面没有摆放任何物品。

窗户的铁栏杆动了动，阿千站在窗外小声地说："喂，过来把东西拿进去。"

我过去接过她买的东西，一袋切糕和一袋醪糟。阿千环视了一下周围，然后把三根铁栏杆拉下去，爬上窗户进来。

　　阿千进来后在她床铺的上层取出了一个电磁炉和一个平底锅，接了些水，放在桌子上准备烧水。我把切糕和醪糟递给她，她从桌子的桌斗中取了两个碗、两双筷子以及一个汤勺，坐在一旁的床上等待着水开。

　　"我准备一会儿就回去。"阿千看着桌子上的电磁炉说。

　　"要不要我送你？"

　　"不用了，昨天真的多亏你了。"


　　阿千起身走到阳台拍了拍身上的灰尘，然后进来坐下说："你不知道我前几天有多难过。回到家之后，父母每天都和自己说着工作的事情，只要见面，一刻都不让我消停。家里在我们那开了一个小小的加工厂，母亲非要我去那里工作一段时间，然后继承父亲的事业。而父亲呢又希望我去考一下公务员，因为他有一个朋友在我们那认识很多人，关系也还不错，如果我能考上公务员的话，就会给我安排一份好的工作。"

　　我点了根烟，继续听着阿千说话。

　　"其实我没有想好自己要干什么，但能够确定的是我不想去父亲的工厂上班，更不想去考公务员。我和父母这样一说，他们就大发雷霆，说什么女孩子就老老实实地听他们安排就行了，不要有什么不切实际的想法。我真的没有什么想法，我从小到大一直都被他们安排着，我只是不想再被他们安排了，我要做自己想去做的事，虽然现在我还没目标。"

阿千舒了口气，看看我笑了一下。

"我想人人都会有这种迷茫期吧，我坚信自己会撑过去的，到时候一定会心满意足地做着自己喜欢的事情。可是父母却不答应，我刚回去那两天还算好，之后就不行了，成天都是工作的事情，还给我故意播放一些与之相关的新闻，力图让我明白我是多幸福，有他们这种给自己的子女把所有一切都安排好了的父母。"

水还没开，阿千起身舀了些水倒在碗里，边用水涮着碗和筷子边说道："其实我也害怕啊，谁不害怕？以前总觉得长大成人是一件多么好的事情，出了学校就会有更多的自由。可是临近毕业的时候大家才发现，完全不是这么回事，长大之后就必须有许多要追求的东西，学校的外面其实根本没有自由可言。这个社会没有我们听说的那样美好，但也不是丑陋得让人无法适应。你以前很多的认知都将面临被彻底打破，这时候知识并不能代表什么了，谁足够坚强谁就能活得更好。"

阿千放下碗筷，道："这些，我都明白的，虽然你别看我成天嘻嘻哈哈对什么事都漠不关心，其实我还是有自己的想法的。"

"早看出来了。"

"可父母觉得我还是以前那个跌倒了就哭，给个牛奶糖就笑的小孩子。可能是他们一直以来都严苛地管着我，突然有一天我长大了，不再需要他们的那些管教时，他们似乎有些措手不及，还没有认识或者说接受吧。"

水沸腾了起来，阿千把切糕倒了进去，不断用勺子搅拌着，待到切糕全部融开，她把醪糟倒了进去，把火关小，坐了下来。

　　"但是我想，经过那么些天，他们应该有所发现，我已经不再是以前的小孩子了。你说说，谁情愿一直被人当个小孩子啊！我已经长大了，父母就应该用对待大人的方式来对待我，不能不顾我的感受把什么都安排好。"

　　阿千用勺子搅拌了一下锅内的食物，躬下身子闻了闻，说道："开饭咯。"

　　阿千为两人盛好饭，因为比较烫，都放在桌子上晾着。我走到窗户边，把烟蒂从窗户扔了出去。


　　"你过去窗户的时候可要小心哦，本来我们宿舍没有留宿的人，而且还是女生宿舍，你一个大男生要是被人家发现了，可不好哦。"

　　"我撒开腿就跑了。"

　　"那你也影响人家了嘛，你说，我们俩大早上待在宿舍里熬粥喝，人家肯定以为咱俩昨晚就在这里了。这要是传了出去，大家肯定会觉得我是个引狼入室且不正经的人啦。"

　　"有这么安分的狼吗？"

　　阿千捂着嘴笑了笑，说："快进来，趁热喝了，然后咱们就出发。"

　　我走进去端起碗，喝了一口粥，又烫又甜，道："确定不要我送你？"

　　"不用了，你赶紧去上班吧。"阿千端着碗吹着气，

"我前几天就想见你了，我也不知道为啥，反正就是难过，就是想见你，但是一直忍着，因为过年嘛，自己总不能说走就走。前天家里来了一大堆亲戚，父母借着这个机会又给我做起了思想工作，我没办法，只能默默地忍受着。亲戚一走，自己就躲在屋子里哭泣，那时候特别想你，我想给你打电话，但害怕自己受不了只能听见你的声音却见不到你，就放弃了。一直到晚上，我都没有出去。吃饭的时候，我听见父母还在外面三言两语地说着我，我当时就想立刻过来这里找你。就这么的，到了昨天早上，我一大早就起来，什么话也没说就出门去车站坐车来了这里。在超市里一见到你，我的心一下子就平静了。你也是的，非要让我等，我哪还等得了啊，我都恨不得抱着你的腿让你哪儿也去不了。"

"不好意思哦。"

"没有的，我清楚是我自己有点闹了。昨晚我想了想，还是跟父母好好说才行，把自己所有的想法和他们说清楚。不管父母怎么强制我干这个干那个，毕竟还都是为了我好嘛，我可以不接受，但还是要理解他们的，你说是吧。"

"好孩子。"

阿千喝了口粥，说："我要努力做到去理解他们，当然我想他们也会理解我的，互相的嘛。我不想再被他们决定我的人生了，也希望他们能明白这一点，我觉得在人生方向上，还是自己做主好一点，能够真正对自己负责就只有自己嘛。当然也不是说父母就可能会害了我，但毕竟他们只是以他们的人生经验来教导我，而我是不想过他们那种人生的，我想有一个自己的人生，切切实实的属于自己的人生。"

阿千说完后，边喝粥边思索着，我还等待着她再说些什么，但她却一直未再开口，于是俩人沉默地喝着粥。

喝完之后，阿千迅速洗了碗筷，然后把电磁炉和锅放回原处，把自己的床铺卷在床头，用报纸盖在上面，又打扫了一下宿舍，然后依照老办法从窗户出去。

从宿舍出来后，我俩先去那家商店取了车子，推着车子出了学校。阿千告诉我她可能会在元宵节过后回来，先去学校把实习的事和离校手续之类的办完，因为实习被她的父亲安排在了她家的工厂，所以她可以不用去。她想在这里陪我玩儿天，然后就会考虑工作的事了。我一路上推着车子，听着阿千说话，瞅准她短发甩去后边的机会不时地看看她的侧脸。

还了车子，我和阿千在车行门前分手，我打上车前去超市，阿千站在原地一直看着载我的车子离去。


不知为何，节日的气氛稍微已有些减弱，可来超市里购物的人却骤然增加，直到初十左右才恢复到往日的数量。那种时候，最忙的当属我和余叔了，每天都要急匆匆地卸货、清单、运输，还要从仓库取货，商场忙不过来的时候还得去帮忙。整天都在忙忙碌碌中，下班已延至七八点。下班后我简单地在商业街吃了些食物，就赶回去洗澡睡觉。

十一那天，超市给我和余叔放了一天假，余叔带着家人出去玩了一天，我则在家里整整睡了一天一夜。第二天早上醒来不久，老蒋便打来了电话。

"喂，醒了没有？"

"刚刚醒。"我点了根烟说道。

"下午下班了以后在超市门口等我。"

"去干吗？"

"买车。"


　　下午三点下班，我出来后，看见老蒋站在超市前的广场上抽烟踱步。我和他打车去了一家丰田汽车4S店门口，一个年纪轻轻的女孩就用非常职业性的笑容迎了上来，说："两位帅哥，打算买车吗？"

　　"你带我们去看一看锐志。"老蒋面无表情地说道。

　　"好的。"

　　女孩带着我俩朝4S店里面走去，边走边说："您没有考虑其他的车型吗？"

　　"没有。"

　　走进4S店的大型钢架玻璃建筑，绕过几个崭新的车子，我们来到一辆锐志车的旁边。女孩领着我们坐在附近的桌子边，然后去为我们倒茶水。

　　女孩端来水后说道："我们最新的锐志在功能和内饰上都做了很大的变动，增加了一些细节的改善。比如点烟器的位置以及一些中控区的小改动，在配置方面，倒车影像只有两款车型没有，其余已经成了标配……"

　　"外面有车吗？我想试一下。"老蒋啜了口茶。

　　"有的，我带您过去。"

　　女孩带着我俩走到4S店门口，在一辆大型的越野车旁边，找到了一辆锐志。女孩打开车，老蒋钻了进去，并挥手让我进去。坐在副驾驶上，老蒋看着里面的东西，系上安全带，这时女孩坐在了后座。

"你觉得怎么样？"老蒋问我。

"我对这些东西全无了解。"

老蒋回过头询问女孩："你们这儿的试驾路线拿给我看一下。"

女孩把手中的资料翻了翻，然后把一张地图摊开在老蒋的面前，我回头看了看，一条围绕着丰田4S店的路线用黑色线条标记了出来，一个大大的丰田标志被圈在里面。

"明白了。"

老蒋回过头，发动车子，倒车，离开4S店，行驶在公路上。老蒋先试了车灯和雨刷，然后看了看周围，确认车辆减少了以后，突然加速，我和那个女孩都紧张地看着前方。如此转了两圈之后，老蒋才把车开到了4S店的门口。

"除了试驾车外，还有现车吗？"

女孩露出不可思议的表情说道："有的，您现在就要提车吗？"

"合格证在你们这吧？"

"嗯嗯，在的。"

老蒋下车，说："你帮我算一下贷款需要的首付，然后给我一张明细单，再把车子从仓库开过来吧。"

女孩下车连连点着头，说："您先和您朋友在里面休息一下，我这就打电话让人把车给您开过来，您先验车，有些选配的配置你要不再选择一下？"

"不用了，你直接出单子吧，我是刷卡还是付现金呢？"

女孩不好意思地说道："如果您不嫌麻烦的话，最好还是付现金吧，出门右拐就有一家工行的。"

"我是建行的卡。"

"那您还是刷卡吧。"

女孩说完后就带着我俩去刚刚的桌子坐下，自己在一旁打了个电话，然后跑进了一间办公室。

"为什么现在买车？"我询问道老蒋。

"没有原因，就是想买了而已，赚到的钱总不能一直存着吧。"

"确实，你的工作很多时候都需要用到车。"

"一会儿去吃什么？"老蒋岔开话题。

"你定吧。"

老蒋没有说话喝了口水。

"初五，阿千来找我了……"

那女孩拿着好几张纸从办公室里出来朝我们走来。

"一会儿说吧。"老蒋站起身接过女孩手中的纸看了起来，"你们装地胶和贴膜得需要多久啊？"

"不好意思啊，今天可能还做不了，您明天早上把车开过来，中午再过来取就行了。"

老蒋从兜里掏出一张银行卡和身份证，然后把银行卡和身份证递给女孩并说："你去刷卡吧，密码是银行卡后五位再加一个5。"说完继续看着女孩给他的纸。

"这……"女孩迟疑地笑了笑。

"去吧，没事。"

女孩拿着老蒋的身份证和银行卡又走进了刚才的办公室，老蒋自笑了一下说道："这女孩，今天一定高兴坏了，卖掉一辆锐志连一个小时都没用。"

"能碰见像你这样的客户可不容易。"

"买东西嘛，本来就应该是这样，你有这种打算，就应该提前想好了。来到这种地方以后，就只剩下最后的环节了，没什么好选择的。我最烦那些人明明一副很想要的表情，而且人家也帮他努力地选择，可他就是因为一些莫名其妙的原因迟迟不做决定。像这种事情，应该是你在考虑的时候才做的嘛。有些人到了最后的时候突然决定不买了，说什么也不要了，这种人一辈子都是个窝囊废。你想想，你计划了许久的事情，而且把方方面面的工作都已经做了，到了最后，你突然打了退堂鼓，对自己的信心将是多么大的打击。"

"人类就是如此复杂。"我喝了口水说道。

老蒋掏出烟递给我一根，我俩同时点着烟。

"我可不愿意这么复杂，简单一点，很多事情反而会迎刃而解。就如交朋友，合则来不合则去，没有什么好朋友坏朋友之分。逢场作戏就是逢场作戏，朋友就是朋友，也不能混为一谈。如果过去了，缘分尽了，那就由它而去，不去苦苦执着。这样对自己对别人，都会好很多。"老蒋抽着烟说道。

"人们只是想让自己的人生多拥有一些东西吧。"

这时，老蒋的手机响了一下，他掏出来看了看，应该是刚刚刷卡的消费信息。老蒋刚把手机装进兜里，那女孩就带着一张纸、老蒋的身份证以及银行卡走了出来，说："您好，已经刷卡成功了，您确定一下，我马上为您去办理一张临时牌照。"

"谢谢。"

"不客气。"女孩说完就走出了4S店。

之后我和老蒋沉默地抽着烟等待，女孩拿回一张临时牌照给老蒋后，不断地在办公室进进出出，帮老蒋办理各种资料以及确认相关事宜，车子被一个大约三十多岁的男人开来4S店，并一同和我们验了车确认无误后才离开。

所有的买车手续办完，太阳已经快要离我们而去。

老蒋开车载着我，他完全不顾及我以及路上其他车辆的感受，只管急速地行驶着。不久，老蒋便把车停在一家餐馆门口，我认真地看了一下门面，一个简单的门框，上面的牌匾上写着"金火"。不管是从其外面的装饰，还是牌匾上的字都不能确定这是一家餐馆。

进去后，轻微的钢琴曲就传到了耳边。里面的装饰采用飞机舱的样式，两边排列着小型的窗户，桌子座椅也仿照着飞机舱内的样子。

老蒋和我坐在靠墙的位置上，服务员前来递了两份菜单。老蒋点了酱牛肉，对我说道："喝点酒吧。"

"不是开车来的吗？"

"这穷乡僻壤的，谁来查？"

"这还穷乡僻壤？"

"郊区嘛，没那么担心的。"

事实确实如此，我也没有再和老蒋争辩。

老蒋又要了一瓶茅台，点了份红烧肉、花生米、鸡腿菇炒西兰花、干锅排骨和芥蓝腊肠。点好菜不久，服务员便送来了酱牛肉、花生米和茅台酒。老蒋打开酒，闻了一下，然后倒满两个玻璃杯。

"少喝点吧。"因为开车的缘故，我试图劝说老蒋。

"两人喝一瓶酒，没事的。大不了把车子放在这里，我明天再来取。"

老蒋端起杯子，和我碰杯，各自抿了一口。

我夹了一块牛肉，老蒋叹了口气说道："阿千……已经过来了？"

"初五来的，初六早上又回去了。"

我将那天与阿千的事情统统跟老蒋说了一遍，但我没有讲阿千那天早上对我的告白，我觉得不应该说，至少这时候还不应该说。讲完后我点了根烟看着他，老蒋手握着杯子端详了半天才开口道："她怕是喜欢上你了吧。"

"我承认，阿千似乎对我有一种依赖感，但那也只是出于朋友间的喜欢，并不是那种喜欢，我认为只是这样。"我解释道。

老蒋抿了一口酒，说："我却认为恰恰相反，她那种人，不会轻易对一个人产生依赖感的，她非常害怕失望，就努力让自己坚强不去追求。所以，仅仅是朋友的话，她不会对你产生依赖的，她就是那种喜欢你。"

我不知该说些什么，低头抽着烟。

"其实我之前就跟你说过，我和阿千是不可能了，你不用对我觉得不好意思，反而我现在觉得如果你能够和她在一起的话，会是让人羡慕的一对。我们都不用刻意去躲避什么或者去做什么，事情如此发展必然有它的道理。我能感受得到，你也是喜欢阿千的，但是你跟我不一样，跟我对阿千的态度也不一样。说到底，我和阿千不可能的原因就是因为彼此太过于了解，而且还完全不认同对方的追求，我要是和她硬在一块，最后必定会让俩人都受到伤害。"

服务员端来了鸡腿菇炒西兰花和芥蓝腊肠，我把烟蒂摁灭在烟灰缸里。

老蒋夹了一块腊肠，对我点点头示意味道不错。

"其实我和阿千一样迷茫。"我边夹腊肠边说道。

"没关系的，所有的迷茫都会有被解决的那天。而在这之前，你们俩就只要通过彼此获得足够的信心，在成长的基础上再成长一些，你们俩能够做到的。可如果换成是我和阿千的话就不一样了，我和阿千的关系可以说就如亲兄妹一样，彼此了解，也能够做到彼此欣赏，但绝不会分享感情。就比如说你跟家里兄弟姐妹的感情再好，也不会向他说自己真正爱的是谁。"

"她毕竟还是爱过你吧。"

"她以为那是爱而且一直用对待爱的那种态度对待我，但其实只是一种非常好的关系而已，我绝对不是在你面前这样说，我去年过来之后就明白了，跟她也这么说过……"

"她听了这话一定很生气吧。"

老蒋叹口气，耸了耸肩，说："那也没办法啊，我们不可能明知道彼此在一起会受到伤害还强行为之吧。"

这时，服务员端来了剩下的菜。一对情侣从门口进来环视了一下里面，然后坐在了另一边墙角的位置上，有一位服务员过去为他们点菜。

店里的钢琴曲一直未停。我和老蒋都默不作声地吃着菜，喝了几口酒。有不少的客人陆陆续续地进来，服务员引导他们坐下，点菜。老蒋似乎不怎么饿，刚吃了几口，就只顾着喝酒。我跟服务员要了一碗米饭，自顾自地吃着。

我吃完米饭后，去了趟卫生间，洗完脸后看着卫生间镜子里的自己，我突然想起和老蒋参加他们公司年会的那个夜晚，我不止一次怀疑那个女孩就是阿千，可是为何那个时候她会独自出现在那里呢？她究竟为何会哭得那么悲伤？我很想问阿千，可是每次和她在一起的时候自己什么都不想去追究。

我回到座位，老蒋已将他杯中的酒喝得所剩无几。

"少喝点吧。"

"嗯，喝完这点就不喝了，刚刚来了个电话，一会儿还有点事。"老蒋看着刚刚进门的两个女孩。

"现在就走？"

"早着呢，不急。"

"哦。"

我端起杯子和老蒋碰杯，老蒋一饮而尽。

"说句实话，我还是真的希望你能和阿千在一起。"老蒋放下杯子说道。

"很多事情，不是你我或者阿千能够决定的。"

"但是你们需要彼此啊，这种事情，缘分可能真的是一方面，但更多时候需要彼此努力接纳对方、融合对方。阿千自是不用说了，她要是认定了谁，就会不遗余力地把自己的生活和那人联系起来。你难道还没有感受到吗？这次你再不能退缩了，你总不想看着一个喜欢你的人受伤吧。"老蒋有些激动。

我回答他："那是非常残忍的事。"

"我此生可能最了解的人只有你们俩了。"

"谢谢你。"

"嗯？"

"了解一个人其实是一件非常痛苦的事，既要花时间不说，还要担着影响自我的风险，其实我一直都明白这个道理，所以我才拒绝去了解一个人。"我将自己杯中剩下的酒喝了一半。

老蒋笑了一下，道："你也知道，我这种人是不会被谁影响的。"

"也是。"

我夹了几口西兰花来盖住嘴中浓烈的酒味。

"一会儿要不要去放松一下。"老蒋坏坏地笑道。

我想起石姐跟我说的她那个朋友，问道："你知道18号叫什么名字吗？"

"人家都用号码的，就算说的名字也是假的，你问这个干吗？"老蒋充满疑惑地看着我。

"上次来我房间的是24号，和18号是好朋友，我与她一起过的年。"我说道。

老蒋睁大了眼睛，放低声音，问："那得不少钱吧？"

"并没有。"

"嗯？"

"给阿千买生日礼物的时候碰见了她，就有了联系，过年她一个人，我也一个人，因为寂寞，互相取暖。"

"那里的人可怜，如果真的会别的，谁愿意干那个啊。"

"她的家庭支离破碎，自己一个人跑了出来，想寻找着依靠却又不敢有依靠，有时特别需要体温来温暖自己，就去干那个了。"我把杯中的酒喝光。"我俩上次去过不久，她就被经理给开除了，现在在一家唱片店里工作。"

"其实，谁不需要体温来温暖自己呢？有些人穷其一生都找不到可以温暖自己的方法。"

老蒋说完后，我俩都沉默地看着店内的食客。

老蒋唤来服务员，结了账，说："你自己打车回吧，我还有些事。对了，我元宵节不回去，到时候等你。"

"可以。"

老蒋上车后，我确认他可以开车才离开，然后在路边打车回去了。


元宵节那天下班后，老蒋跟之前一样在超市门前的广场上抽烟踱步。我出来后，老蒋开着车载我去他们的公司宿舍。

宿舍在他们公司的隔壁，是一座公寓，据老蒋所说，这公寓中的十层到二十层都已被他们公司包下，专供员工宿舍。老蒋的宿舍在十二层，距离电梯最远的一处。里面的空间非常大，有一个大客厅，白色干净的瓷砖地板倒映着天花板上的吊灯，崭新的沙发和茶几，大型的液晶屏电视机，落地窗挂着的窗帘随风轻轻地摆动。卫生间和厨房里各种各样的用品应有尽有，卧室里的床上铺着干净整洁的床单。所有的房间都一尘不染，简直如进入了另一个世界。

我如初生婴儿对世界惊奇般看着他房间里的一切，老蒋在厨房里忙碌着，他做饭时从不需要别人给他帮忙。


我刚刚坐在沙发上，老蒋便端出来一盘卤肉，他自己调的料汁，味道相当不错。老蒋走进厨房时回过头，道："要喝酒的话少喝点啤酒吧，你一会儿还要开车。"

"我为何要开车？"

"我明天要去深圳，公司总部在那里，车你先拿去开。"老蒋看了看厨房，似乎锅里还做着菜。

"得，我先替你保管着。"我无奈地回答。

老蒋走进厨房。我夹了几口卤肉，味道确实不赖。我靠着沙发休息了一会儿，老蒋陆续端来了麻辣豆腐、姜仔排骨、盐煎肉、清炒杏鲍菇，最后端来了两碗元宵。老蒋坐在我旁边，打开电视机，俩人都无心看电视，只顾吃着饭菜。

我问老蒋："你刚刚说你明天要去深圳是怎么回事？"

"哦，总公司那边缺了人手，正考虑把各个分公司的员工往里调，这次过去是面试。"老蒋吃着排骨说道。

"如果面试成功就留在深圳了吗？"

"如果成功，回来这里培训半个月然后去深圳上岗。"

"那你这刚刚买了车，怎么办？"我提高了嗓门。

"你先开着呗。"

我不知如何回答他，只能沉默地看着他。

"比我厉害的人多得数不胜数，也可能面试不上的。"老蒋拍拍我的肩膀。

　　我已无心思吃饭，因为我知道，老蒋是不会去做没有把握的事的，他决定了去面试，就必然会成功，因为在这之前，他已经做足了准备。现如今，唯一的朋友已经决定要离我远去了，除了祝福，我还能做些什么？

　　"那预祝你面试成功。"

　　老蒋喝了一大口元宵汤，说："谢谢。"


　　吃完饭后，我就开着老蒋的车从他的宿舍出发，依照车上的导航向住处驶去。路上的车辆越来越少，我打开车载收音机，换过几个频道后终于出现了歌曲，是古巨基的《致少年时代》。我将所有的车窗打开，放大声音，并跟歌声大声唱起来：


　　爱偶像年代

　　会疯狂期待

　　最爱看颁奖礼歌星要角逐比赛

　　还道最痛像高处荡秋千摔伤膝盖

　　痛那么单纯　爱那么轻易　幼稚而可爱

　　羡慕你想哭与笑时哭与笑永未顾忌

　　烦人烦事不爱理便不去理自闭天地

　　冥顽无知　却更会自由做你自己

　　只要想逃避　被窝总可以抱紧你

　　从前全为怕考试渴望能大个

今日我　偏担起更深功课

嫌从前未算闯够祸亦无悔当初

成熟催促爱玩的你　已懂得太多

妒忌你能想发泄时敢发泄拒绝皱眉

明明还未懂世故幻想世态无数滋味

明明无知　世界却又原谅你自欺

转眼天和地　便一板一眼约束你

假设可重遇　让今天的我轻抚你


　　歌曲结束后，广告骤然出来，我放低了声音。看着眼前被车灯照亮的道路，心里有股莫名的悲伤。

　　我回去后，快速地淋浴，洗好衣服晾在阳台，然后躺在床上，一直无法入睡。


　　第二天早上，我刚到超市换好衣服，阿千就打来了电话："喂，我中午就去找你了哦，给我做好饭。"

　　"没问题。"

　　我本想向经理请半天假，没想到快到中午时所有的货都已清点完，经理就给我和余叔放了半天假。我回去的时候买了些面条，把冰箱里的甜面酱拿了出来，先把炸酱做好，搬了一个椅子坐在阳台上边晒太阳边等着阿千。

　　临近一点钟时，阿千背着包满头大汗地到了，说："我可是一路上飞奔过来的。"

　　我卸下她的包放在沙发上，说："快去洗洗，我这就去做饭。"

我烧开水下了面，在一旁等待着。阿千洗完后坐在阳台懒懒地晒着太阳，差点睡着。面熟了之后，我拌好给她端去。我又搬了一把椅子坐在阿千的旁边，俩人沉默地吃着炸酱面。味道已经大有提升，但和记忆中石姐做的似乎还差一点。

　　阿千果然是饿了，狼吞虎咽地吃完，摸摸自己的肚子说道："啊，真是香啊。"

　　我吃完后把俩人的碗筷拿到厨房去洗，阿千一直坐在阳台上晒着太阳。洗完餐具后我冲了两杯咖啡端了过去，阿千目不转睛地盯着隔壁学校操场上的一个孩子。

　　今天应该是学校开学报名的日子，有不少的学生在操场上嬉笑打闹着。

　　阿千端着咖啡用嘴唇试探了一下温度，说："我跟父母说好了，工作的事还是让我自己来决定。"

　　"好样的。"我坐在她身边也看着学校操场里的学生。

　　"本来就该这样嘛，我毕竟不是小孩子了。我回去的那天，父母说了我整整一天，自己还是第一次对他们不告而别呢。我等着他们的气消了，然后很认真地对他们说了自己不想再被他们安排的想法。我又不是闹着玩，肯定有过思考的嘛，父母也很认真地对我说了他们的担心。就这样，彼此先交换了想法，然后我建议大家先考虑考虑。"

　　阿千啜了口咖啡道："我自然一点都不会退缩的，自己总该有点坚持的东西。虽然我也很迷茫，不知道未来自己该做什么想做什么，但现在我非常清楚自己不想做什么。我就是如此跟父母说的，父母吃了一惊，他们完全没有料到，这小妮子真的已经长大了。"

这时操场里两个并行的男孩走到一群女孩旁边，突然一个男孩把另一个男孩推到在一个女孩的身上，女孩被撞得连打了几个趔趄，两个男孩开始在操场里追逐。阿千捂着嘴笑起来，说："那段时间，父母一直没再提工作的事，可能他们也在考虑，前几天父亲主动找到我，说：'你把你们学校的实习单拿来吧，我给你办好。'我知道，他同意了，我高兴得不行，想立刻给你打电话。"

"为何不来电话？"

"想让你多担心两天嘛。"

"淘气哦。"

阿千哈哈大笑起来，并用手摸摸我的头，说："什么事都可以去交流的，不要等别人去猜，也不必自己独自悲伤。自己的想法只有自己最清楚嘛，喂，你在想什么？"

"跟你在一起时我什么都没想。"

阿千的脸红了起来，不好意思地拍拍我的肩膀，说："嘴还挺甜的嘛。"

"嗯。"

之后我和阿千一直坐在阳台上边看着学校里的学生边晒着太阳，过了三点太阳正暖时，她收拾起东西去了学校。

工作越来越上手，也越来越容易，突然发现自己开始有了一点方向感，虽然很多时候还会出错，但比起以前的一头雾水来说已经大有改善了。

天气有些回暖的迹象，隔个一两天就会有艳阳高照。我每天按时上班，准时吃饭，偶尔和余叔聊聊天。他准备找个机会去市里帮妻子盘一个店铺，因为余菲马上要读高中了，他们也得跟着一起去照顾余菲。阿千打来两次电话，说了一些她在学校的事情，并让我随时准备去帮她搬宿舍的东西。老蒋打来了一次电话，他已经在年前交了半年的房租，他本不打算告诉我，但知道我会问，就主动说了，我本想给他钱，他毅然反对。他告诉我车牌已经邮寄给我了，收到后把车牌装上，他的车子一直停在楼下，自从那天我开回来后，一直没动过。

过了一周左右的时间，阿千中午打来电话让我去帮她搬东西，我跟经理说了声就提前下班了。到家拿了车钥匙就下楼，车上已经积满了尘土，我进去启动车子，打开导航，驶向阿千的学校。

到了阿千学校的门口，我给阿千打了电话告诉她我开车来的，是否可以开进去，阿千让我先在门口等一会儿。

不一会儿她就跑了出来，跟我打了招呼后，又跑去跟学校的保安说了一声，之后我把车子开到她宿舍附近的停车场。阿千带着我从宿舍的正门进去，她跟宿管打了招呼说我是来帮她搬东西的。

进入她的宿舍后，里面有一个女孩正蹲在阿千旁边的床架上层整理着书籍，有一个床铺已经完全收拾干净，里面看起来已经完全不像上次我来过的那个宿舍。

阿千已经把东西都整理好了，她把卷好的被褥给我，自己端着一个箱子。那个女孩从床上下来，把手中的书放在桌子上，对阿千说："我来帮你拿一些吧。"

我抱着被褥在前面走着，她俩各自端着一个箱子在后面窃窃私语着。

把她所有的东西全部装上车后，三人坐在宿舍里休息了一会儿，临走时，她看着宿舍里的一切深深地叹了口气。

我依着导航向住处驶去。

阿千打开收音机，不断地更换频道似乎想找音乐。

"你怎么到现在还没有记住这里的路啊？"

"现在好多了，能大概知道是哪个方向了。"

阿千找到了音乐，是张敬轩的《尘埃落定》，我和她沉默地听着歌曲，完了后又响起他的《披星戴月》。

阿千问我："这车是谁的？"

"老蒋。"

"哦。"

我点了根烟，阿千打开窗户，把音乐的声音放大了些，又把手伸出窗外，五指张开，让风从指间吹过。

不知为何，整个下午她的情绪都很失落，我没敢询问她。回到住处后，阿千就一直坐在阳台上晒太阳，也不言语。我将老蒋的房间整理了一下，把被褥拿出来晒了晒，又把阿千的东西拿出来整理了一下。

我泡了些茶，收拾完所有东西后，端着茶坐到了阿千的旁边。

阿千看着在空中正在作业的塔吊，突然拉住我的手说："我怀孕了。"

我抿了口茶水："老蒋的？"

"嗯。"

我未说话，看着她。

"昨天和舍友去医院检查的。"

阿千起身，向客厅走去，说："我累了，想睡觉。"

"我马上为你铺被褥。"

"我不要！我要睡你的床！"

阿千说完就径自走进了我的卧室。

晚上吃饭的时候，阿千想喝酒，被我拦下，她即刻哭了起来，我费了一个多小时才安慰好她。阿千一直不说话，只是哭泣，我也不知该说些什么，只是抱着她为她擦拭着眼泪。


阿千继续睡在我卧室里，我则睡在老蒋的房间，晚上的时候，两人都没有关门。一直到深夜，我都没有睡着。阿千忽然说道："小莫，你睡了吗？"

我没有回答。

"小莫？"阿千又叫了一声，我本想继续装睡，可不一会儿我便听见阿千那边窸窸窣窣穿衣的声音。

"本来睡着了，梦见你睡不着，又醒了。"

"哦，那你过来，我想跟你说说话。"

我起身走到阿千那边，阿千穿着上次的Hello Kitty睡衣坐在床上。我坐在床边，阿千看着我说："我经常耍小孩子脾气，爱撒娇，动不动就会对别人发脾气。我一直在努力地改变了，但是有什么用呢？好多的人一个接一个地离我而去，我很害怕的。"

我拉住她的手。

"你也知道，每个人都不完整，都有自身的问题，我当然也不例外了。以前我总会故意不去管这些问题，我想只要去努力追求就好了，可是最后才发现，追求大多都会成为失望。我真的不知道该怎么办了。"

"你做的应该没错，只是事与愿违吧。"

阿千的情绪有些激动，道："可要是所有的人全部离我而去该怎么办啊？我就像被人扔进了一口深井中，任凭自己如何呼喊都没人听见。那种场景太可怕了，我真的接受不了。"

"不会的，至少还有我。"

阿千抓紧了我的手，道："你千万不要离开我，虽然我不够好，可能有时会惹你生气，但是只要你有不喜欢我的地方，马上讲出来，我会改正的。"

"没有。"

"可能暂时没有，但以后如果你发现了，一定要跟我说，别藏着掖着暗示什么的，也不用担心我会不会生气，你只管放心大胆地说出来。"

"会的。"

阿千沉默了一会儿，情绪好歹平复了下来，我看她已经好了许多，就起身准备回去睡觉，阿千突然拉住我说："能不能抱着我睡？"

"不能！"

"为什么？"

"我几天没洗澡了！"

阿千笑了起来，松开了我的手，然后躺下说道："晚安。"

翌日，我如往常上班，下班回去后阿千已经做好了饭。

吃完饭后阿千烧了洗澡水，两人轮换着洗了澡。

晚上睡觉时，阿千蹑手蹑脚地跑来钻到我被窝中，给我讲了她之前在学校的一些事情，然后一本正经地让我说一说自己的事，难住了我。

我起身点了根烟，一边抽着烟，一边在皎洁的月光里讲着自己。我很久都没有开怀畅谈了，有点困难，但好歹还过得去。因为自己一直以来并无什么特别之处，比如怎样努力却无法取得好成绩地读书，怎样在家里一声不吭地只顾读小说，后来又没有任何阻碍地离开了学校，被好友叫去上海照顾他怀孕的女友，怎样在十八岁那年亲手杀了一个孩子，接着极不情愿地维持生计，后来收到好友与他女友分手的消息而发誓今生再不会见他，又认识了至今唯一的朋友老蒋。就是这样，不懂自己在世间的追求，也不知自己有何需求，总之可以用一句话总结：我是这个世界上完全多余的一个人。

阿千听完后目瞪口呆，好半天才反应过来，着急地说："怎么会这样呢？"

我说："倾向！"

她似乎还没有回过神来，呆呆地看着我，说："如何说呢？"

"倾向，生命就算重新再来一次，我可能还是会走那样的路，做这些选择，结局当然还是这种结局了。这就是所谓的倾向吧。"

阿千有些着急地说道："你不会想要自杀吧？"

"还不至于。"

阿千伸手抚摩着我的脸颊说："嗯，看来智力仍与你同在。"

　　阿千突然吻了一下我的脖子，说道："睡觉吧，晚安。"然后躺了下去。

## 07///

 

 

 

阿千一直未想好该做什么，依然住在那里，我每天上完班回去后她已做好了饭菜。有时俩人会一起出去在附近转一转。我给老蒋打了一次电话，阿千已经跟他说了怀孕的事，他暂时也不知道该如何处理，只说自己会很快回来。我给石姐打了两次电话，第一次没人接，第二次打时已经停机了。有天下班较早，我本想去找她，但刚巧那天老蒋回来了。

我回去给阿千打了声招呼，就开着老蒋的车前去他的宿舍，老蒋正一人坐在沙发上抽着烟喝酒。我进去后坐在他的身边，径自倒了一杯酒一饮而尽。老蒋掏出烟递给我一根，自己又续上一根。

"面试怎么样？"我问道。

老蒋深深吸了口烟，道："没什么问题，已经通过了。"

"恭喜。"

"对不起。"

我给自己倒上酒，道："现在说什么都没用了，只说怎么办吧。"

"确实，可我就是不知道怎么办才好。"

我俩沉默了一会儿，只顾着喝酒抽烟，老蒋站起来不断地在客厅里踱步，突然他把烟蒂扔在地上小声地说："要不，把孩子拿掉吧。"

我的脑海里忽然闪出那个满身是血手掌般大小的孩子，我起身将老蒋打倒在地，气愤地说道："你跟阿千也是这么说的？你还有没有人性！"

老蒋倒在地上没有起来，也没有说话，让我失去了再动手的动力。我转身端起杯子，再一次将杯中的酒一饮而尽，把烟蒂摁灭在烟灰缸里。

我回头看着老蒋，他闪躲着我的眼睛，道："那，阿千是什么意思？"

"她没和我说，但是拿掉孩子这种事我是坚决不会答应的。"

老蒋站起来："那你说怎么办？她现在才刚刚大学毕业，还没有任何准备就让她做母亲吗？我和她根本不可能了，你也是知道的，孩子怎么办？谁来照顾他？"

"我！"

"你不要意气用事！"

"是你不要意气用事！"

老蒋叹了口气，坐在沙发上，道："我知道你是真心待阿千的，但我们犯的错误不应该最终要你来承担……"

"没得商量了，我走了！"

我把手中的杯子摔在地上，然后夺门而出。老蒋紧跟着我，刚走到楼道就一把拉住我，道："你能不能先别激动。"

我气愤到了极点，回过头一拳打在老蒋的脸上，老蒋立马一拳还在了我的脸上。我和他在楼道里打了起来，没有任何技术可言，就只是你一拳我一拳地打在对方的身上。接着又轮番把对方摁倒在楼道中还以拳击，一对四十岁左右的夫妻被我俩挡住了去路，老蒋松开手，笑着说："王叔，你们出去买菜啊？你们过，你们过。"说着把身子向一边挪了挪。

王姓夫妇走了以后，我和老蒋各自靠在一边的墙上休息着，老蒋问我："你刚刚出来时带烟了没有？"

我摸了摸口袋，掏出烟扔给他一根，自己点着后把打火机也扔给了他。

"你他妈的下手真狠。"老蒋边点火边说。

"彼此彼此吧。"

抽完烟后，老蒋和我回去又喝了点酒，然后说出去吃饭。

"阿千还一个人在家里，我得回去，改天一起吃吧。"

老蒋没再说什么。

我把车钥匙递给他，老蒋却推了回来，说："你开着吧，我最近都得培训，用不上车的，全天都在公司里。"

我驱车回到住处，阿千已经做好了饭菜等着我，看见我一脸的青肿后吃惊地说道："这么大了还打架！"

阿千取了冰箱的冰块，装在毛巾里为我敷着脸，我本想接过毛巾，阿千却不让，道："你快吃饭吧，我都已经吃完了，刚刚等你的时候实在太饿了，就自己先吃了。"说着阿千轻轻按了一下我脸上的一个肿块。

我未向阿千说我的打算，阿千也未向我提及关于孩子的事，我想她至少现在还没有考虑拿掉孩子这件事。我等待着合适的机会，可我一直不知道什么时候才算合适。

虽然阿千没有说，但我总归还是害怕，她要是哪天自己一人偷偷地去医院拿掉孩子可怎么办？每天我都担惊受怕，一下班就立马跑回去，确认阿千还安然无恙地待在屋子里才能放心。


老蒋一直在公司培训，所以也没有找我，期间打来了两次电话，我都没有接，我知道他想和我说什么，但现在我最不想听的就是这个。

日子就这样到了三月份，我其实比阿千还迷茫，不但不知道自己该干什么，而且对所有的事情都充满了疑惑。我想我们三人此时都走进了迷宫之中，只有老蒋是最清楚自己的人，我和阿千都没法准确地把握自我。我把会出现的可能都想了一遍，不管怎样，只要不拿掉孩子，剩下的一切我都能接受。

三月刚开始的那天，中午完工后，余叔就喊着我出超市找了一家餐馆。

"为什么要来这里？"

余叔跟老板点了菜，对我说道："今天我想喝点酒，老婆在跟前能喝得好吗？哈哈。"

"还有这种事？"

"你以后要是结婚了就知道了。"

老板上来菜后，我和余叔先狼吞虎咽地吃了起来，吃得差不多的时候，余叔去前台拿了一瓶酒过来，又让老板添了几个菜。

"小子，你最近有事啊。"余叔过来坐下后说道。

"那个女孩，你上次也见过，怀孕了。"

余叔吃惊地看了看我，说："两个人能在一起，是多么不容易的一件事，你小子可别做对不起人家的事。"

"不会的。我知道，每个人都有缺点，也会出现各种各样的问题，但这些其实都不重要，重要的是两个人能走在一起。"我喝了口酒。

余叔添了些酒，说："是啊，哪个人没有缺点呢。你看我老婆，够好吧，做得一手的好菜，管钱做生意全都不在话下。可她也不是完人啊，可能因为她家只有她一个女孩，从小就娇生惯养的，一不对劲就闹蹶子。"

余叔抿了口酒，道："你还记得上次我给你说的我怎么跟她认识的吧？"

我点点头。

余叔端起酒杯和我碰杯，俩人各抿了一口，突然余叔径自笑了起来，而且笑得越来越止不住，余叔趴在桌子上安抚了一会儿，说道："她家里面哦，有个遗传病，其实也不是什么病，就是不管男女全都毛发旺盛得很！我跟她结婚了以后才发现这娘儿们腿上的毛比我还要多哦，而且她每天早上起来都要刮胡子。”

我忍不住笑了起来，问道："刮胡子？"

余叔也笑着点点头，端起酒杯又放下，说："这还不算，有一次她自己一个人偷偷拔腿上的毛，竟把自己拔到哭起来。"

我哈哈大笑地道："这么多？"

"哈哈哈哈……我看见的时候，地上这么大一摊。"余叔夸张地张开双臂比画，"我跟她说算了别拔了，她不，她就要拔。"

我擦了擦眼角的泪水地问："她想穿裙子吧？"

"嗯，她想穿裙子。她又把自己拔哭了。"

我和余叔同时大笑起来，余叔接着说道："之后她就不敢拔了，她说自己看着肯定会哭，就让我给她拔，可没想到她还是哭了起来。"

我继续哈哈大笑着，问："她继续让你拔？"

余叔笑着点点头，他已经说不出来话了。

我平复了下来，问道："后来呢？"

余叔笑完抿了口酒，说道："现在的科技发达了嘛，我带她去医院做了个手术，现在身上没那么多毛了。"

我看着余叔，余叔若有所思地端着酒杯。

这时，我的手机响了，我掏出来看了一下，是一个陌生号码的短信，我把手机又装进了兜里。

余叔和我碰杯，说："结婚之前，我可全不知道这件事。"

"但你却一直在她身边。"

我和余叔都沉默地喝着酒，我忽然在脑海中勾勒出余叔的妻子拔毛把自己拔哭的情景，不禁笑出了声，问道："她真的刮胡子，拔毛拔到哭了？哈哈……"

余叔点点头，也笑了起来。

之后我俩都没有说话，一直喝着酒。

我掏出烟递给余叔一根，为俩人添上酒。余叔点着烟，说道："我这段时间不会去上班了。"

"嗯？"

"我请了一周假，和老婆去市里看看店铺，得提前找，女儿已经想好要上哪个学校了。到时候我就和老婆搬过去，老婆还开餐馆，自己就在那儿再重新找个工作吧。"余叔看着眼前的酒杯说道。

"何必这么大费周折，高中也是可以住宿的嘛。"我抽着烟说道。

余叔端起杯子又放下，说道："住什么宿，上大学她就会住校的。能多陪一些日子就多陪一些日子，不管这些了，三个人在一起才算家嘛。独立这件事她没有必要去学，我相信她能做到，要是连独立她都要去学，那她将来可什么都干不了。"

"真佩服你。"

余叔不好意思地笑道："我有什么佩服的，瞎过呗。"

我没有说话，径自喝了口酒。

余叔看着窗外，说："我老婆刚怀上女儿的时候，我觉得自己是世界上最紧张的人了，那时候穷啊，俩人都没钱，毕竟刚刚结婚，什么事都还没有定下来。老婆她家里人本来不同意我俩的事情，她就跟家里人闹，那时候我就想，这女人对我这么死心塌地，我以后一定要对她好。她真的算是个好女人，不要求我挣多少钱，够花就行了。我这人，对赚钱这种事，真是一窍不通，但我知道，我必须对她好，因为她是唯一一个跟过我一辈子的人。"

"这才是爱情，因为里面几乎没有杂质。"

余叔回过头看了看我，端起杯子抿了口酒，说："我也不知道什么爱情不爱情的，我只知道这个女人是我这一生中得到的最大的宝，我想要对她好，就去对她好，没有考虑其他的东西。一切都会好的，只是一句安慰人的话，但重要的是我们要去做，而且不带任何犹豫地去做。"

"我会的。"

我端起酒杯和余叔碰了一下，俩人便将杯中的烈酒一饮而尽。

"我看得出来，那是个好女孩。"余叔看着我说道。"不管是你们或者我们这个年纪，都会遇上各种各样的问题，但是你永远记住，不要害怕也不能退让，做自己想去做的就好，这样才会更好。"

"谢谢你。"

之后我和余叔两人沉默地将剩下的酒喝完，余叔结了账后就各自回家。

我回去时为阿千买了一箱牛奶，出了商店，掏出手机，坐在路边的座椅上看着刚刚的短信，是石姐发来的：

小莫，你好。

　　首先告诉你个好消息，我决定要离开这个城市了，我要重新开始了，祝福我吧。

　　这些天一直没跟你联系，就是在考虑这个事情。不好意思哦，我换了手机号，以后你也不要联系我了，虽然我极其不愿意这样做，说这样的话。

　　我应该告诉过你吧？第一次见到你时，我就喜欢上你了，也许因为我们都是孤独的人吧，所以才有一种莫名的亲切感。但是不行啊，你还年轻，你还有许多的事情要做，我也不可能去黏着你。有时候想，要是我们年华相当该多好啊……总之，还是非常感谢你，感谢老天让我遇见你，感谢你陪我过了一个不同寻常的春节。

　　这不是草率的决定，我是深思熟虑过的。每个人都有自身的问题，但不能躲避，要去接受还要去解决。一直以来，我们就是这样的存在，没有原因没有目的。以前的自己，太过于脆弱了，总想依靠着别人，但现在来看，只有自己才是最大的依靠，不是吗？也许自己去面对和解决会有阻碍，也会害怕，但通过自己解决后，我们才能真正地强大起来，让自己更好地活着。

　　一切都有可能发生的，就如我会遇见你一样。遇到你之前，我总觉得自己再也无法去喜欢一个人。所以我现在更加确定，肯定还有许多事情等着我去经历，有悲伤有高兴，但不论什么，我都要勇敢接受。如我最终还是决定离开这里，我也不知道要去哪里，暂时先不管，离开这里就好。

当然，我也不是说没有做打算的。我大概想了想，我先去云南那里转一转，年轻的时候就想去了，但一直没有机会。然后再去趟香港，兜转一圈以后，我还是回到老家去，自己开一间舞蹈室，不需要多大，教一些小孩子简单的舞蹈。毕竟自己比较拿手的事情还是跳舞嘛，而且自己也喜欢这个。

有些打算还是好的，至少有了些前进的方向，不会像以前提心吊胆地生活了。

还有，我已经出发了，你不用送我了，我怕见了你就不想走了，我可受不了你盯着人的那种眼神呢。我把那套音响和一些唱片邮寄给你了，你注意查收一下，自己又不能把它们随时带着，又不舍得扔，只好送给你了。还有还有，千万不要给我打电话，我想我现在肯定也受不了你的声音。

最后，还要叮咛你一件事，就是关于你和那个女孩的事。不管怎样，你一定要对自己有信心，要坚强，不可泄了气。有什么事，尽管努力去面对，千万不能退缩。能在合适的时间碰见一个合适的人，是多么奢侈的事啊，所以你不要怀疑不要害怕，勇敢一点，再勇敢一点，真心地对待她。

喜欢你叫我石姐。

看完短信，我点了根烟，把手机装进兜里，心里祝福着石姐，她已经受了太多的伤害了，希望老天不要再这样残忍地对她了。

我回去时，阿千已经收拾好准备睡觉。我坐在她的床边，为她打开一盒牛奶递给她，一直看着她。

阿千疑惑地摸摸我的脸，问道："怎么了？出什么事了吗？"

"我们结婚吧。"

阿千将手收回，说："你！我刚刚刷了牙洗完澡准备睡觉，你居然要跟人家求婚？"

"不许开玩笑！"

阿千低头喝着牛奶，说："你说这话，我是非常开心的，开心到不敢相信自己的耳朵。但是现在你说出来了，我却很难过，不是自己难过，而是为你难过。我相信你应该知道，我很依赖你，我每天都恨不得让你陪在我身边，哪里也不去。但是我非常清楚，你现在并不爱我，只是喜欢我而已。"

"我……"

"你是我最珍贵的人了，我不想失去你，正因为如此，我不会允许你做冲动的事情。"阿千低头手握着牛奶，"我只是希望有一天，你再对我说这话时，是出自你爱我这个原因。"

"对不起。"

"不要紧的，能听见你说这话，我还是很高兴的。"阿千把牛奶递给我，"不想喝了。"

我喝光了剩下的牛奶，把空盒扔在垃圾桶中，然后回来坐在她的床边。阿千伸出双臂抱着我，闻见了我身上的酒气，嗔怪地说道："喂！你不是喝醉了说酒话吧？"

"无论如何，我是不会同意拿掉孩子的。"

"那样对你不公平。"阿千紧紧抱着我。

阿千睡着之后，我去卫生间淋浴。思考了许久，我到底爱不爱阿千呢？自己一直以来都不明爱情到底为何物，自然也没有领略过。在余叔那里，爱情是一个俯拾皆是的东西，而在石姐那里，爱情是一个可望而不可即的幻想。到了我这里，爱情到底是什么？为何阿千会说我不爱她呢？

我一直在淋浴中思考着这些问题，但一直到自己已经开始感到呼吸困难都没有寻找到答案。

为了能更好地照顾阿千，我去书店买了许多关于孕妇的书籍，在超市空闲时一一阅读。阿千现在的心情还算不错，这是一件很好的事。有时我下班早了，她会来超市，俩人一起在里面挑选一些生活用品，回去俩人开始分工做饭，吃完饭坐在阳台上聊聊天。有时她会让我开车载她出去兜风，开了几次之后，自己终于能够记住超市周围的几条道路，但也不敢开去远处。

我马上就要二十二岁了，但我却一点也不想长大。

生日的前一天，老蒋来找我了。他如以前一样，在超市门口抽着烟踱步，我回去跟阿千说了声，然后开车出来。老蒋只是在超市门口等着，不肯去住处。

老蒋开着车向市区的方向驶去，他依然不顾别人的感受快速地行驶在公路上。

"去哪里？"我终于忍不住问他。

老蒋全神贯注地看着前方，说："有人找你。"

"找我？谁啊？"

"去了你就知道了，有事。"

我没再多问，径自点了根烟抽着。

进入市区不久，老蒋辗转过几个弯，把车开进了一个地下停车场。我俩从电梯直接上到六层，来到一家咖啡馆。

咖啡馆里灯光昏暗，窗户上都拉着窗帘，里面也只开着一两个艺术灯。因为桌椅全是棕木色的木制品，又增添了几分昏暗。出了电梯有一个装饰一般的小门，进去后就看见一个三十多的女人围着围裙在吧台处忙碌。里面响着张学友版本的《五月一日》，除了在一个窗户边坐着两个女孩，不停地说着话，咖啡馆里再无顾客。

老蒋径自走向吧台，和那位女人打了招呼后，和我坐在靠吧台一边的桌子。

"她就是那个18号，她找你。"老蒋坐下后说道。

我看着她，她正背对我们在咖啡机前冲着咖啡。

"什么事？"

"石姐不见了。"

我没有说话，猜想石姐走时除了我可能跟谁也没说，或者觉得无人可说吧。

老蒋点了根烟，说："我一直和她有联系，石姐不干了以后，不久她也不干了，一直在这个咖啡馆。前几天她跟我联系，说石姐突然不辞而别，她很担心，我想到你和石姐有联系，就跟她说了你和石姐的事，她想见见你。"

"石姐走了。"

"你知道？"

"我只知道她离开了这里，具体去哪里她没告诉我。"我转身又看了看吧台。

这时那位石姐的朋友端着咖啡过来，我急着询问老蒋，"她怎么称呼啊？"

"18。"

"……"

"18"将咖啡放在我俩的桌上，老蒋对她说："这就是石姐成天想黏着的那个人。"

我接过咖啡，微笑着朝她点了一下头。她长得比石姐还要漂亮，第一眼就让人感到很惊艳。石姐是那种非常耐看的类型，因为经常跳舞运动，身材和皮肤都显得很有活力，而她却不一样，她全身上下，一眼看去就感觉是浑然天成，而且不带任何瑕疵。

"18"坐了下来："石姐去哪了你知道吗？"

我摇摇头，说："她给我发了一条短信，告诉我她要离开这里，但具体去哪里没说。"

"18"叹了口气，我和老蒋端起咖啡轻轻地啜了一口，音乐播放着陈洁仪的《早去早回》，之后又是陈奕迅的《不如不见》。

"她那人可脆弱了，虽然她从没跟我说过她之前到底经历了什么，但我感觉得到，那是常人都接受不了的。""18"
点了根烟，径自说道，"我知道她不在那干了以后一直有个联
系的男孩，但没想到你和他是朋友。"

"18"笑着看看老蒋，老蒋说："唯一的朋友。"

"18"接着说道："石姐怕是很喜欢你，因为她从未跟
任何人有过联系的，不知为何，她最怕跟人接触了。你们也知
道，在那里面有很多女孩的，而石姐跟她们从来连多余的话都
不说，也不会一起吃饭逛街什么的。我和她虽然心照不宣，但
从不会推心置腹地交流，她不敢，我又何尝有勇气呢？"

老蒋喝着咖啡说道："她能够选择重新开始，也是一件
好事。"

"18"紧接着说："怕不是那么简单的，她那人我最清
楚了，我想她是不想再打扰你了。"她眼睛紧紧盯着我，我急
忙躲避着。"毕竟我们和你们年龄相差太大了，她心里很清楚
不能一直依赖着你，所以只能选择离开了。她总是这样，做什
么事都小心翼翼的，生怕会给别人造成麻烦，其实她是怕这麻
烦最后会变成痛苦降临在她的身上。她现在一定很寂寞很害
怕，一个人去到完全陌生的地方，任谁都忍受不了的。"

"她走时没有给你留电话吗？"

"没有，我也是刚刚察觉到她离开的，之前给她打过一
次电话，像往常一样聊了一会儿天。过了几天后我去找她，发
现她已经不在了，打电话也停机了。"


老蒋似乎有些渴，大口喝着咖啡，"18"拿过老蒋的杯
子回到吧台为他添满。我点了根烟去厕所，掏出手机给石姐打

了电话，已经停机，又给她那天给我发短信的号码打过去，还是停机，我想她是已经彻底做好了决定。

我洗了把脸回到座位，老蒋啜着杯中的咖啡，"18"看着坐在窗边的两个女孩。

"石姐也没有给我留任何联系方式，给我发短信的号码也是停机。"

"18"叹了口气道："真是为她担心哪。"

老蒋伸出手握着"18"的手："我想她已经真的打算好了，所以才决定离开的，你不用太担心，我们应该都要为她祝福。"

"希望如此。"

之后三人都没有再说什么，我和老蒋喝着咖啡，"18"抽了两根烟。那两个要离开时，"18"起身去结账，然后又回来坐在我俩旁边。陈奕迅的《不如不见》结束后是张国荣的《有心人》。听着张国荣的歌声，我不由自主地想起了阿千。

老蒋喝完第三杯咖啡后，突然起身说道："走！"于是我俩离开了咖啡馆。

老蒋开着车离开了市区，我对"18"的称呼充满疑惑，问老蒋："为何要叫作'18'？怪怪的叫法。"

"她自己让人这么叫的，可能怀念着十八岁吧，我想应该只有这个原因了。"

我却不那么想提及自己的十八岁，那年我从一个孩子直接变成了一个杀人犯。但除了我以外，我发现似乎别人的十八岁都是那样的美好和让人怀念。

"正青春的年纪啊。"我感叹道。

"我们这个年纪也是正青春。"

"是啊。"

老蒋似想起什么看了我一下，说道："哎，你马上就要二十二岁了哦？"

"嗯，虚度了二十二个年头了。"

老蒋载着我来到他的宿舍，他一进门就坐在沙发上，对我说："我还是那样的建议，要打要骂就来吧。"

"算了吧，我明天还要上班的，关于这个，不是我们能决定的，甚至可以说，也不是阿千能决定的。"我坐在他身边。

"喝点酒吧。"

"不喝了吧，我得早点回去，阿千这几天老是不好好吃饭。"

老蒋从冰箱取出了两瓶可乐，扔给我一瓶，打开喝了一口，说："我不得不承认，你身上有一种特别让人依赖的东西。"

我放下可乐惊叹道："什么东西？"

"就拿我来说吧，我总以为自己是不会被任何人影响的。可是认识你以后，我想和阿千和好，还来这里找她，我还努力地了解了阿千和你，我虽然嘴上不愿意说，但事实确实如此。而且我以前是从不会为别人考虑的，可现在我却要求"18"跟我一起去深圳。"老蒋边说边坐在沙发上。

"你要和她一起去深圳？"

"她和石姐一样，都快支撑不住了。"

"可是，也许彼此之间相差着许多东西。"我点了根烟。

老蒋放下可乐，思考了片刻，说道："毋庸置疑，肯定有的，但事在人为嘛。"

"是啊，事在人为。"

老蒋也点了根烟，深深地吸了一口，道："跟你在一起一段时间后，人就会不知不觉地被改变，我、阿千，包括石姐，都是如此。"

"我从不知自己有这种能力。"

"我本来也不知道，培训的这段时间我仔细想了想，你身上确实有。其实影响我们很容易，因为你够简单，没有我们的一大堆理论，什么事都要计算付出与收获的平衡。因为你够简单，随时随刻都把自己的感情暴露无遗，让我们这些人简直无地自容。而我们都想拥有你这个依赖，随时能反观自己，让自己成长。"

我打开可乐抿了一口，思索着老蒋的话语，我不知道自己是否像老蒋说得那么简单。我只是一直以来都对自己不够自信，很多时候都无法准确把握自我，所以一直都停滞不前，想找一个真正能让自己坚强起来的东西。

老蒋继续说道："人与人之间，如果能这样，彼此学习着成长，该有多好。可是不行，就如我，其实看似早熟实际晚熟，自负中带着自卑。恃才傲物，觉得不可一世，虽然确实有些本事，但那点算得了什么？而且总想要特立独行，世上有千万条路，我就要选那条最难的路。而自己也变得对别人不屑一顾，失去了很多与之摩擦的机会，若不是遇见你，怕此生就将孤独下去了。"

"没有这么严重吧？"

"已经快到不可挽救的地步了，我差点不经意掉进了一个万丈深渊，可就在刚刚落下的时候被你一把拉了上来，可能你只是无意的一把，但对我来说，可算是无比幸运的事了。我本来还觉得那根本不是深渊，自己完全应付得过来，可回到地上后，我定神一看，真是让人一身冷汗啊。"

我想起了我在石姐身上所感受到的那一种孤独，完全能想象得到老蒋所说的那个深渊，的确，那让人看见就会失去信心，失去信念。只是，我从没想到，老蒋居然差点会落入如此地步。

我说："似乎一切都在改变。"

"所以，事在人为嘛。"

我和老蒋沉默地喝光了瓶中的可乐，各自想着各自的心事，一直没有说话。太阳快要西下的时候，我起身准备回去。老蒋说他就不送我了，得去找"18"商量一下去深圳的事情，我想去送他们，却被老蒋拒绝，他准备和"18"开车去深圳，没有可以送别的地点。离开他房间的时候老蒋叫住我并大喊道："生日快乐！"

"无聊！"

194

回到住处后，阿千在熟睡中，不知是否是怀孕的原因，最近一段时间她都很嗜睡。我打开冰箱取了些食物准备做饭时，有人打来电话，石姐送给我的音响到了。我下楼去把音响搬上来，石姐很仔细地把它们归整在一个大箱子里，取出的时候，我能想象得出石姐如何纽心地将它们一一装在里面。

我刚刚把音响和CD机装好，阿千揉着惺忪的眼睛从卧室出来，看着音响问道："你买音响了？"

"没有，别人送的。"

"谁呀？"

"一个被世界吓坏了的人。"

我打开机子，把马勒的交响曲唱片放了进去，熟悉的音乐瞬间充满了整个房间。我和阿千坐在沙发上，我问阿千："今天想吃什么？"

"想吃炸酱面。"

"奇怪，我也想吃炸酱面。"

"需要我帮忙吗？"

"你只管听着马勒坐在这儿等着就好。"


我下楼去商业街买了一些面条，回来后阿千依然坐在沙发上听着音乐。炸酱面的做法已经熟记在心，做起来也没有太大的阻碍。我和阿千吃完饭后，她就匆匆洗漱上床准备睡觉了。我又听了一遍马勒交响曲，然后坐在沙发上独自抽着烟。

忽然阿千呼唤起我，我过去坐在她的床边，她小声地说道："我突然很想喝芝麻糊，喝不到怕是睡不着了。"

我掏出手机看了看时间，还不算很晚，商店应该还都开着，便说："我这就下去给你买。"

我下楼到小区门口的商店买了一袋芝麻糊，返回的时候，我又给石姐本来的号码和她给我发短信的号码都打了一遍，仍然停机。

阿千已经烧好了水，我回去后帮她冲了杯芝麻糊，她喝了两口就满足地递给我，道："好了，我喝饱了，要睡觉了。"

　　我端着阿千喝剩下的芝麻糊正要出去，她突然说道："对了，明天是你生日，你可得回来早一点啊。"

　　"没问题。"

　　"晚安。"

　　其实对于过生日这种事自己一直有一些抵触，无论是谁，在自己认识的人里面，知道自己出生时的情景的只有自己的父母，而我们庆祝生日的时候往往却没有他们。所以在我度过的二十一个生日中，一次也没有庆祝过，因为父母从来都不会用这种方式来表达他们对我的爱。

　　再者我也很不愿意庆祝生日，因为自己总是觉得每次的生日都来得太早，就好像本来我得度过三百六十五天才长一岁，可自己却感觉距离上次生日才刚刚过去了一百天甚至几十天而已。二十二岁的生日，同样是这种感受。

　　好歹那天的天气还算不错，太阳懒洋洋地挂在空中，温度又有了一些回升。我在中午的时候就做完所有的工作，刚准备回去，却被通知又有一批货来，无奈只好等待着收货。处理完刚刚到四点。

　　我回去后，阿千正坐在阳台上晒太阳，她看见我后歪着头挤着眼睛看着我说："来吧，晒一会儿太阳，咱们一会儿去看电影。"

　　"看电影？"

　　"嗯，我感觉最近的睡眠不太好，想去好好睡一觉。"

我搬了椅子坐在阿千的身边，说："为何你在电影院中睡得那么好？"

"我也不知道啊，反正一进去那地方，就突然瞌睡起来了。以前的时候，我去电影院可是真的想去看电影的，无奈每次去都会睡着。"阿千笑着看看我，"后来，我就不去看电影了。再后来，只要自己想睡觉了，就去电影院，美美地睡上一觉。"

"酷！"

"哈哈，我本来是打算给你做西餐牛排的，可是刚刚鼓捣了一会儿，做得太不理想了，只好放弃了。"


从学校的教学楼里突然拥出了许多学生，他们或打起篮球，或来到操场上踢着足球，我和阿千看着操场里的学生。应该是到了课间，学校的扩音器里响起了歌曲，是张敬轩的《衬》。

"咱们看完电影去吃肯德基吧。"

"没问题。"

我和阿千沉默地看着学校操场上的学生，《衬》结束后，又响起了他的《不吐不快》，阿千突然拉住我的手跟着歌曲唱道："优美得共你同时在这世界。"

阿千突然坐直了身子，侧向我这边，吻了我。

那天的阳光真的很好，我都不记得有多久没有见到过如此美丽的阳光了。我与阿千的那一吻，似乎把所有的一切都定格住。太阳也不再移动，音乐一直停在那一句，那个男孩刚刚射入球门的足球悬在空中久久没有落下，阿千身上淡淡的芳香在我鼻间不肯散去。

"想一直赖着你。"阿千头靠着我的肩说道。

"也不能每天二十四小时啊。"

"那就下辈子给我还了。"

我看着她问道:"你说,人有下辈子吗?"

"不知道啊,如果有的话,你不许改名字,这样子我好找到你。"

"嗯。"

阿千捏捏我的手,说:"你想一下,如果下辈子有的选,你想做你所认识的谁?"

"还是不要下辈子好一点吧,一辈子就够累的了。"

"哈哈,如果你不来,那我就像三毛说的那样,在来生,要做一棵树,站成永恒,没有悲伤的姿势。一半在尘土里安详,一半在空中飞扬;一半散落阴凉,一半沐浴阳光。非常沉默非常骄傲,从不依靠从不寻找。"

"酷!"

阿千一直拉着我的手不肯放开,《不吐不快》结束后,接着响起了《我的天》这首歌。刚刚听了两句,阿千就起身说道:"走吧,我们去看电影。"

"嗯。"

我和阿千打车来到上次的那家电影院,阿千买了两张情侣座的票,我买了些饮料,俩人在大厅里等待着。一位年轻的妇女带着她的孩子在我俩的旁边嬉笑玩耍着,应该是从幼稚园刚刚接出来。阿千一直盯着那对母子,喃喃地说:"其实,我也想有个孩子的。"

"会的。"

　　阿千把脸埋进我的怀中说："是想跟你要啦。"

　　"也会的。"

　　我和阿千检了票坐在影厅还没看完广告，阿千就睡着了。我搂着她，看着她熟睡的样子，自己竟也有了一些困意，于是也沉沉睡去。

　　我醒来的时候，影厅内的人正起身一一离开，我摇摇了阿千，她呓语着，我帮她擦了擦嘴边的口水。这时，阿千醒来不好意思地看了看我，说："我睡觉流口水了？"

　　"嗯，流了好多，我中途还出去买了一包纸呢。"

　　阿千哈哈大笑着打了我一下，说："你骗人哦。"

　　"真的，还打呼噜，播放影片的时候整个影厅的人不时地向我俩这边怒目而视，我吓得只好装睡。刚刚后面的人走的时候跟我说：'喂，哥儿们，以后要是瞌睡的话就不要来看电影了，在这也睡不好。'唉，大家居然都以为是我在打呼噜。"

　　阿千已经笑得合不拢嘴，这下完全清醒过来了。我和她出了电影院后，在附近的一家商场里转了转。阿千转饿了之后，就去了在商场楼顶的一家肯德基。

　　我对这些食物一直以来都不是很喜欢，只要了两个汉堡和一杯可乐，阿千要了一盒蓝莓蛋挞、一包薯条、一份鸡汁土豆泥、一份香辣鸡翅以及一杯奶茶。我俩坐在靠窗户的位置，边吃着各自的食物边看着商场里的人群。

　　"老蒋这几天就去深圳了。"我觉得还是对阿千说一下老蒋的事比较好。

阿千用手捏了一根薯条，说："嗯，你去送他吗？"

"他不让送，就不去了。"

"哦。"

阿千吃着手中的薯条，若有所思地看着窗外来往的人群，突然说道："在遇到你之前，我总以为我和他之间是有爱情的，但全都错了，我搞错了，他也搞错了。我们之间只是存在对彼此的一种依靠，后来强硬地想把它变为爱情，看来是行不通的。"

"这话我好像听过。"

"你听我说嘛。"

"好好。"

"就比如说，他非常清楚我需要的是什么，但他就是给不了，我也非常清楚他要做什么，但就是不愿意他那样做。"阿千喝了口奶茶，"这些都是强加在爱情的前提下，因为彼此想成为恋人，而且出现了这些问题后，俩人都不知该如何解决，都傻了眼啦。怎么会这样嘛，跟之前想的完全不一样，像走进了死胡同一样。"

刚刚在等待检票时坐在我和阿千旁边的母子从另一边向肯德基走来，那个小男孩一直看着阿千，阿千得意地用手拿着蛋挞对那男孩笑了笑，那男孩伸出舌头朝阿千做个鬼脸，阿千也伸出舌头以鬼脸还之。那男孩准备再次做鬼脸，却被他的母亲拦住，他母亲笑着看了看我们。

"唯一的解决方法就是不再以爱情的关系来相处。"阿千看着那对母子走进肯德基以后又说，"就像现在这样，只是一个简单的朋友，有什么事情，马上打电话来商量，没有任何感情成分，很快就会将事情解决。我们应该早一点发现的，那样也就不至于犯了这么大的错误。其实我一点也不恨他，更不会怨他。他虽然平时嘴特别硬，但我想你心里也应该知道，他有时候也非常需要温暖。我和他只是抱着好心做了错事而已，谁都不能怪。"

阿千吃着蛋挞，我已吃完了一个汉堡，喝着可乐。

阿千突然说道："要怪啊，就得怪你！"

"怪我？"

"是啊，谁让你现在才出现，你之前都去哪了你？"

我放下杯子说道："我之前？我之前就在找阿千了。"

"讨厌。"


这时，那对母子买好了餐，从我俩的旁边走过，那男孩过去时看着阿千瞪了一下她，阿千露出不可思议的表情看着他们端着餐坐在了我俩后面第二个位置上。

阿千吃完蛋挞后起身要去上厕所，走了两步就回头对那个男孩又做了个鬼脸，那男孩本想以鬼脸还之，但不料阿千已经闪身进入厕所中，于是那男孩也去了厕所。不一会儿，阿千居然和那个男孩手牵着手从厕所的方向走了过来，然后趴在那男孩的耳边说了句话，那男孩就高兴地回到座位了。

我和阿千吃完以后，她站起身朝那个小男孩挥了挥手，就离开了肯德基。从商场出来后，已经是深夜时分了，形形色色的霓虹灯与之前看到的并无两样。阿千挽着我的胳膊，俩人漫无目的地在她学校附近逛了逛，阿千觉得有点冷，然后我们就赶忙打车回去。

晚上洗漱后，阿千非要我抱着她睡觉，我帮她冲了杯芝麻糊，以她喝完为交换条件。阿千嘟着嘴将杯中的芝麻糊喝完，我冲洗了杯子就上床抱着她。阿千把身子紧紧贴着我，不久我的身体便起了反应。

阿千用手碰了一下说道："怀孕了，那个怕是不行吧。"

"肯定不行！"

"那怎么办呢？"

"我去阳台上抽根烟吧。"说罢，我欲起身。

阿千一把抓住我，说："说好了晚上睡觉前不许抽烟的！"

"哎……"我无奈地坐起了身子。

阿千躺下去，闭上眼睛，但一直没有睡着，时不时地用手摸摸我的脸。我躺下后，吻了一下阿千的脸颊，道："睡觉吧，晚安。"

## 08 ///

老蒋走的时候给我发了一个短信，我当时正在点货，并未细看，忙完后打开一看才发现是他要离开的短信：

> 我和"18"已经驱车马上要离开这里了，可能会很久才到目的地，不过没关系，就当是旅行了。很多事情就不再啰唆了，感谢有你这个朋友，以后如果可能的话，希望我们不要断了联系。我给你打了一笔钱，下班后注意查看一下是否到账，不要给我打回来！你和阿千不论怎样处理这件事，现在都需要用钱，也都不用再询问我的意见了。而且我不缺钱，缺朋友。

再见，我的朋友。

我把短信给阿千看了看，阿千说道："他这人就是这样的，自己做的决定谁也改变不了，这笔钱咱还是留着吧，你要是真想还，以后他结婚的时候给他上礼不就完了。不过这最后一句，倒是让我感觉他变了呢，他也觉得他缺朋友了。哦，对了，'18'是谁？"

"又一个被世界吓坏了的人。"

老蒋走后不到一周的时候，余叔就回来上班了，回来时兴高采烈的，我以为他已经处理好了要搬家的事，就跟他说恭喜。

余叔却说："没有没有，还没有找到合适的店铺呢，老婆还在找。"

"那你怎会如此高兴？"

"没什么事也要高兴的嘛，这次上一个月班我就辞职了，我得抓紧去那边找工作。"

我有些失落地说道："那就不再回来这里了？"

"不知道啊，现在连自己要干什么都不知道呢。"

"总有适合的。"

"哎，你以前在上海做什么工作的？现在在这边怎么干起这个了？"余叔似想起什么问到我。

唉，又是上海。

我对余叔说："我在上海是干保险的，来这边因为不知道自己想干什么，而那时候刚好看到超市的招聘信息，所以就来这里上班了。"

余叔眼睛亮了起来，说："你说说这个保险好不好干，好的话我过去以后也干干这个。你以前是怎样做保险的？"

"我之前虽然一直在做保险，但自从离开上海后，我就再不想涉足这个行业了。"

"为何？"

"出了些事情。"

"什么事情？"

我为自己和余叔倒好了茶水，然后坐在办公室的沙发上再一次回忆起上海的事情。

我虽然照顾着小龙的女友，在他那里白吃白喝，他觉得没有什么，可自己总有些不好意思。于是就思考着要找份工作，反正他女友出院之后自己也要工作的。在闲暇的时候我就注意着医院附近的招聘信息。我想着，因为要照顾小龙的女友，所以工作时间要够自由才行。就这样，偶然之间看到了一家保险公司的招聘信息，我去了他们的公司询问了一些情况，最后决定在里面上班。

在培训期间，每天早上八点过去，十一点就可以回家了，下午不用再去，这样一来，我正好可以照顾小龙的女友。培训结束后，基本上就是每天早上八点赶到公司打个卡，然后时间就自由了，自己做了单子，才需要带客户来公司，其余时间都不需要坐班。如此的上班时间制度，对于我来说，再好不过了。

其实卖保险嘛，我自己觉得没什么可培训的，只要人家有这种需求，你有这种商品，一拍即合的事情。虽然我是这么想的，但还是接受了培训，自己一直以来对学习这种事真是没有任何天分，在学校是，在这里也是。要背各种不同的保险条款，还得学习怎样计算各种保险中涉及的金额。

既然自己要在那里上班，就必须得努力学习，而且在培训完还有个结业考试的，成绩过了才有资格在公司上班。我当然不能被淘汰了，结果还算是很理想，自己成功地留在公司上班。我不禁为自己的遭遇发笑，自己好不容易才从学校逃脱了这些烦恼的考试，出来后却要面对更为严格的考试。

我想不管做什么工作，刚刚开始的时候都是比较尴尬的。你进入到一个陌生的环境中，一个人也不认识，对所有的工作也不熟悉，可能有些人觉得胸有成竹，但往往上级却因为是新员工而不予以一些即刻上手的工作。每天跑腿，除了见面与其他人相视一笑外似乎再无事可做。

当然每个新进的员工，公司都会安排一个业务较强的师傅。我的师傅是我们那个区域的佼佼者，她叫秦南，25岁，我叫她秦姐，后来得知她来自山区，在上海极其艰难地读完书后，一心想留在上海。

因为俩人都比较腼腆吧，刚刚接触的时候话也不多，每天抽出时间和她去见一个她的客户，学习一下临场经验。她虽然每次在客户面前，都似乎能敞开心扉地谈论着各种事情，但我还是感觉到这并非出自她的本意。可能是工作需要吧，因为一个哑巴是无论如何都不能给别人推销保险的。

因为自己之前没有一丁点工作经验，对于保险也只是知其大略，所以刚刚开始接触客户时，总有些不理想的地方。这种工作，对人的观察能力简直要求到极致，真正的格物致知。

比如说你和一位客户碰头，他到达的时间就会让你了解很多东西，他如果来早了，那说明他平时比较空闲，再对照他信息中的工作，是否属于如此。如果他来迟了，不是因为堵车等一些客观因素的话，他是否有对此行业有抵触情绪，或者是真的有事耽误了。如此太多，一一讲来，怕要说上几天几夜。总之，就是抓住每个细节去了解一个人，然后吃透他，这样一来，对他进行游说就容易得多了。如果你要很成功地和他交易，就要想方设法地让他对你多少产生一些崇拜感，这样行事起来就容易多了。

想要进行更细致的了解，当然还可以从他的语言入手，语言是沟通的桥梁，可在当今却越来越显得可贵。我不是珍惜自己的话语，也不是不喜欢跟人交流，只是自己确实对交流的了解少之又少，怕一旦出了错误，惹得大家不快，所以一直以来都比较沉默。古人说：言不轻信，人不负我，诺不轻许，我不负人。这句话确实是适用于任何情况的，因为一个人说话的时候，可能会像电影中那样有潜台词，有些属于声东击西本末倒置，有些属于冰山一角沧海一粟，可信与不可信之间得仔细斟酌。

还有很多的东西，全部都是秦姐教给我的。虽说后来我也能在客户面前滔滔不绝，但我和她在一起时，却异常地沉默，她也不说话。

秦姐的生活其实很辛苦，她每个月的工资都是我们区域里最高的，花的却是所有人中最少的。她住在上海的郊区，有时为了见客户，得从上海的这头跑到那头，只为了省点租房的钱。基本上她每个月工资大部分都打给了家里，她家里的情况没有详细跟我说过，但应该不难想象。

　　我渐渐地对工作得心应手起来，有许多事情也能独自解决了。拿到第一个月工资的时候，我特别开心，尽管表面上还是一如往常。

　　那天，我请秦姐在公司附近的一家餐馆里吃了饭。秦姐处处显得小心翼翼，我不知其原因，只能沉默地吃饭。

　　吃完的时候，秦姐忽然想喝酒，我本来想和她去酒吧，但她却非要在餐馆里。于是两人又点了一些菜，要了些啤酒。秦姐喝了两杯，脸就红了起来，我猜她可能不胜酒力，旋即劝她少喝为好。

　　秦姐并未理会我的劝说，她大口地喝着酒，突然问我："你在学校的时候谈过恋爱吧？"

　　"没有。"

　　"怎么会没有呢？"

　　我把自己杯中的酒一饮而尽，说："不知道，自己对待别人似乎也没有什么问题，但别说恋爱，连朋友都少得可怜。"

　　"应该在学校里谈场恋爱才好，出来以后的恋爱夹杂的东西太多了，有些可能两个人都承受不了，只能不了了之。"秦姐若有所思地说道，"我从小到大，一直都在努力，差点连命都搭上，不过是想彻底离开那个地方。太穷了，穷到你都想自杀，可能你不会相信，我上高中的生活费都是自己打工挣的。"

我思考着秦姐所说的穷到想自杀的那种地步。

"来上海读书以后，我就发誓一定要留下来，不能再回去了，回去就真的完了，一生就完了。"秦姐喝了一口酒，继续说道，"上大学打工挣得钱，自己花一半，一半还得寄回家里。有时觉得自己真的太累了，看着人家恋爱，也想找个男友的。可是又怕，怕和人家说了自己家里的情况后，会把人家吓个半死。"

"可能没有那么严重吧。"

"有的。"秦姐用指尖擦掉眼角的泪水。

"想恋爱就恋爱，这个不会成为问题的。"

秦姐自嘲似的笑了笑，说道："你呀，还是太小，世上的事要是都如你所说的那般简单就好了，有些问题，不是你说不存在就等于真的不存在。你可以不关心，但怎能知道别人也不关心呢？"

"你有喜欢的人了？"

"嗯。"秦姐仰着头笑了一下说，"他住在我的隔壁，喜欢我却不敢说，天天早上起来趴在门口看我什么时候出门，然后假装和我同路。其实，我都知道，他绕了个大圈呢。"

秦姐突然嗔怪道："真是笨！也不会有些别的表现。"

"女追男，隔层纱，在一起吧。"

秦姐叹了口气说："哪有那么简单啊？我也看得出来，

他也不是什么有钱人，我们嫁个女儿跟卖人一样，几十万的彩礼任一般人都受不了，我都受不了！我们俩在一起，若什么都没有，两家人都会反对的，而且……"

"什么？"

秦姐给自己的杯子倒满酒，然后一饮而尽，道："而且，父母已经多次打来电话让我回去了。"

"为什么？"

"还能为什么，他们托人在附近的村子给我说了亲，男方不但答应家里的彩礼要求，而且还会帮家里盖房。"秦姐的眼泪突然掉了下来，"我撑不住了！我真的撑不住了！我为何要嫁给一个从未谋面的人！我连他叫什么都不知道，多高？年纪多大了？我不明白，自己的人生为何会是这样子？"

秦姐彻底哭泣了起来。

我递给她纸巾，不知用什么语言来安慰她，只能沉默。

"真的很难，我一点儿也不想回去，可父母说，不回去就让我掏钱给家里盖房，弟弟结婚的钱也让我拿出来。"秦姐擦着眼泪，"我不怨父母的，他们也没办法，我们那里都是这样，嫁女儿的彩礼用来给家里的男孩结婚，几辈子都是这样，谁也改变不了。怨只怨自己读了太多书吧，那个山村，已经关不住自己的心了。要是自己没出来读书多好，安安分分地待在那个山里，等着人家来娶自己，然后相夫教子，一辈子就这样过去了。"

我点了根烟，深深地吸了一口，说："跟父母再商量一下吧。"

"没有商量的余地了，只有乖乖回去，和那个男人结婚。”

秦姐给自己倒了些酒，看着杯子说道："其实我的人生在出生时就已经定格了，所以自己做何种努力都是没用的，徒劳而已。"

我再不知该说些什么，只是一根接一根地抽烟。秦姐一直在流着眼泪，不断地喝酒，我怎么劝她都不管用。

深夜，我和秦姐从餐馆出来时，她已经醉得不省人事了，我在餐馆旁边的一个宾馆里开了间房。把她扶进去后，用热水给她擦了擦脸，然后扶她在床上睡好。写了张便条，在床头柜放了杯水，坐在窗户边看着外面的夜景抽了根烟，随后离开赶往小龙那里。

我不知人生被定格了是什么滋味，也不知读书太多会有哪些不安分的想法，但我能切实地感受到秦姐的难过。

坐在房间里抽烟时看着外面的夜景，我想，这座多彩而梦幻的城市中，在刚刚迎来了许多怀揣梦想的人时，又送走了不计其数的绝望的人。人们因为各种各样的原因来到这座城市，总想着一定坚持要留下来，可谁会料到，许多的事都不由得自己，我们都被摆弄着，被不知哪里来的力量摆弄着。

第二天，我没有见到秦姐，我给她打了电话，她头很疼，在住处休息。

逐渐，秦姐有意地把自己的客户介绍给我，那时，我知道她已经决定要回去了。公司里的人就我和她的关系传开了谣言，我和秦姐并未在意这些。她没有改变自己的做法，我只能默默接受。

在那样的公司，什么事都有可能发生的。真金白银拿到手才是真理，不能高兴得太早，也不能突然放弃。一个人说了一百次不，谁能确定他下次会不会说是呢？而且自己做这种工作，坚持的方法只有一个，就是不投入任何感情。对客户不能生气也不能太依赖一单生意，在公司里要学会八面玲珑圆滑处世，如果不能做到这些，人很快就会被那种环境击垮的。

我承认自己是个笨人，秦姐一直跟我强调着这点，自己却太不争气没能掌握。

后来，发生了一件让我至今都会感谢秦姐的事，可以说我之所以是现在的我，很大程度上都得感谢她。

我们在和客户成交的时候一般都会带客户来公司签合同的，但也不能保证客户没跟你联系就自己跑到公司，而这时候你却恰好不在公司。一般来说，如果是我的话，肯定会询问客户的负责人是谁，然后通知他来帮客户办理。但是有些人为了能活得更好，就会悄无声息地窃取你的劳动成果。

我印象很深刻，秦姐刚刚给我介绍了一个客户，我跟人家也聊得还可以，差不多快成交了。可是那客户突然有一天跑到公司把合同签了，我发现的时候跟我一点关系都没有，当时我是很气愤的。我查出了那个给客户签合同的人，大骂了他一通，但无济于事啊，人家已经帮客户办了。

那时候每天都在气愤中度过，而且还要照顾好友的女友，感觉很不好。我见了那人就不给他好脸色，但人家却将我视若无物。我以为这件事就快要这么不了了之了，可是，突然有一天，那人跑来跟我道歉，而且说我误解了，他只是帮我给客户办理，自己并没有冒名顶替，他看我前几天情绪很激动，于是就没说。我不相信他的话，就去公司查了合同，那上面居然真的是我的名字！

　　没过几天，秦姐就走了，我再也没有见到过她。后来我才知道，那个单子是秦姐花钱改成我的。一般来说，合同生效就不能改了，秦姐先联系到客户，劝说客户退掉保险，所有的损失她来承担，然后再重新帮客户办一次。我想她可能早都打算走了，为了办这件事，足足耽误了她一个月的时间。

　　我知道，她这么做，不过是为了不让我过早地对这个社会失去信心。那时候，我对很多东西都还不懂，她只是怕我受到伤害，可是当我知道了原委后，我更加难过，因为公司中的那些家伙一直乐此不疲地说着我和秦姐的坏话。

　　他们不肯罢休，我就经常躲着他们，自己终究还是一个独行者。小龙的女友康复后，我不愿意再住在那里，就搬到了郊区。我觉得，既然不能再与别人之间产生什么联系，那索性自己主动一点，不去胡思乱想，也不需要朋友，对谁都不投入任何感情。自己以前本来就是这样，所以做起来也不是很难。

　　搬到郊区以后，我认识了隔壁住着的老蒋，可能因为都是在异乡漂泊的原因吧，两人有些惺惺相惜。朋友，如果没有经过酒的洗礼，那可能还真不会有什么感情。我和他喝过几次酒以后，彼此之间有了更深的了解，他的工作比我还要累，且更要在别人面前装腔作势。虽然我承认，他确实是一个交际好手，似乎对于这世间所有的场合他都能应付得过来，但我还是能感受到，他心里的不愿意。

他是一个很坚强的人，为了得到一些东西，不会心慈手软的。但每个人都骗不了自己的，你明明不想那样做，却不得不那么做，所以自己还是会伤心的，尽管没有表现出来。但我看着他成天成天的以酒度日，就越来越清楚他心里的苦，自己情不自禁地越想让自己就此孤独下去。

老蒋来了这里后，也叫我过来，我本来就不想在那边待了，更不想再干那种工作，于是就过来，看到超市的招聘信息后，想到这种工作不用再费心和人周旋猜忌，自然就过来应聘了。

余叔若有所思地抿着茶水说道："哪种工作都一样，看个人的想法了。"

"是的，任何工作都让人值得尊敬，清晨起来扫大街的阿姨，深夜里还在编写程序的高才生，不论是劳心还是劳力，任何工作都是一样的。"

"但是……"余叔放下杯子，"但是，你不属于这里，没有为什么，你第一天来的时候我就知道。走吧，去寻找自己的生活，放开自己，去面对吧，也许并没有那么难以接受，只是你害怕而已。"

"我还在考虑当中。"我回答他。

"我们每个人其实都很渺小，你一定要接受这样的现实，大家努力去争取，不过是想能够拥有的多一点，再多一点，这种时候，无意伤害其他人的。"

我惊讶地看着余叔。

"因为每个人都很害怕，害怕被人遗忘，害怕孤独，害怕不能够再拥有，所以都装模作样却内心痛苦地生活着。"余叔看着我说道，"你一定要清楚这点，你不能去怪谁，你只能接受这些，可能会奇怪，为何会这样？没办法的，因为失去真的太可怕了。"

我琢磨着余叔的话语。

"你能做的，只有去面对，让自己坚强，再坚强，除此之外毫无办法。"

"我记住了。"


这时，我的手机响了，我掏出一看，是阿千发来她要去拿掉孩子的信息，我的大脑马上一片空白，立即站了起来。

余叔觉出我的异样，旋即问道："怎么了？"

我没有说话，将手机给了余叔。

余叔看了短信后，说道："先不要急，她刚给你发的短信，也许还只是在去的路上，或者刚刚到医院，你先给她打个电话。"

我拨了阿千的电话，她没有接听。

余叔想了片刻说道："这样子，我和我老婆说一声，她有个朋友在这附近的医院工作的。"

"要不是那家医院呢？"

"医院是通的嘛，可以先让她朋友查一下，有没有做这个检查的人，一般来说，肯定会先检查的嘛。"


说着余叔就掏出了电话给他的妻子打了过去，并让她妻子赶紧拜托她朋友马上查一下，耽误不得。我在一旁焦急地看着余叔，余叔看看我示意我不要着急。

我和余叔在办公室大概等了有二十分钟的时间，我心乱如麻，一直抽着烟不断地在里面踱步，余叔手握手机等着他妻子的来电。

余叔的妻子来电后，告知了阿千现在所在的医院，余叔用笔写在了纸上给我，说："快去吧，一定不能让她做傻事，我现在去和经理说一声。"

我点了头，连工作服都没换就冲出了超市，我打了车到医院后，也不管三七二十一，见着房间就冲进去寻找着阿千的身影。如此反复上了三楼，在冲进第三个房间后，我看见阿千背对着我坐在医生的面前。

阿千没有注意到我的到来，只是看着医生。

医生戴着一个高度近视镜，正仔细地看着办公桌上的纸张，说道："一切正常，宝宝很健康，如果要看的话可以在四楼去做一个B超。"

阿千小声地说道："我不是来检查的，我是来拿掉孩子的。"

那医生突然看着阿千，叹了口气，说："唉，现在的孩子啊。你还是再考虑一下吧，毕竟已经都三个月多月了，对你的身体伤害很大的。"

我上前拉住阿千的手，对医生说："医生，谢谢你，我们不做了。"

阿千看了看我，捂着嘴哭泣了起来。

我拉着阿千出来到楼道，坐在一边的等候位上，阿千擦了擦眼睛说："我不能这样子对你的。"

"我说过，不能拿掉孩子。"

阿千突然情绪失控，歇斯底里地哭喊："那怎么办！我爱的是你啊！"

我低头不知该如何回答她，阿千转身从楼梯跑了下去。我起身追出去时，阿千已经不见了身影。路上的车辆不断鸣笛，行人在嘻嘻笑笑地攀谈着，阳光不温不火地照射着大地。我看着眼前的一切，慌张地寻找着阿千。

阿千低着头从医院门口的侧边过来，走到我跟前，我急忙说："你刚跑哪里去了？"

阿千回过头指指她刚刚出来的地方："那边。"

"还跑不？"

"不跑了。"

"嗯。"我点点头，"回吧。"

走在路上，我一直拉着阿千的手。

阿千捏捏我的手指说："你放心吧，我不会再跑了。"

"真的？"

"嗯嗯，你又不认识回去的路。"

我伸出手紧紧地抱着她，不愿放开。

经过我几天的劝说，阿千终于答应不拿掉孩子了，我给老蒋打了电话，把这些都跟他说了，并告诉他自己可能会去找他一趟，因为我想离开这里了，房子的事情由他来处理，自己也想再跟他喝回酒。

阿千说她在我去找老蒋的时候回一次家，得把这件事告诉父母，肚子马上就要露馅了。我本想和她一起过去，阿千说她自己能搞定的，等下次再过去吧，现在刚和父母说，他们肯定在气头上，我去了说不准会发生些什么。

我俩选择在天气好的那一天同时出发，我在车站送走了阿千后，独自坐上了前往深圳的火车。阿千应该在中午过后就会到家，果然中午刚吃完饭她就发来了她已到达的信息。晚上我到深圳后，老蒋开车接我先去了宾馆，因为坐了一天的车，我已经筋疲力尽，和老蒋简单吃了些饭就匆匆回去准备睡觉。

我洗漱完刚刚躺下，阿千就打来了电话："快！快夸夸我，安慰安慰我。"

我知道她肯定被父母训斥了。

"喜欢你睡觉时流口水的样子。"

"咦……"

"你真漂亮，每天见到你都想亲你。"

"讨厌。"

"那时候和你说我忙着梦见你可是真的哦，梦见你跟我撒娇，不让我走，要我陪在你身边，帮你安装变形金刚。"

"哈哈哈哈，变形金刚。"阿千笑了一会儿压低了声音说道："我那时候说梦见你也是真的。"

"酷！"

"我还要！还要你夸我。"

"在一个鹅毛大雪的天地里，我突然遇见了你，你拉着我说，我们去溜冰吧。然后我们俩从天地的这边一直溜到那边，后来又飞到了到了天上，我们一点也不害怕，玩得饿了，你就回家去吃饭了，走时还让我记得以后要找你。"

"鹅毛大雪的天地？"

"是啊，那种把世间一切都覆盖了的鹅毛大雪，一个人也没有，什么也看不到，只有我一人在里面等着你，你就如期而至了。"

"好厉害！"

"还有更厉害的呢。"

"快说说。"

"西瓜地，可知道？"

"嗯嗯。"

这时，阿千那边传来小声的说话声，似乎是她父母叫她，片刻后，她便说："好了，改天再夸我吧，我先去准备挨骂了。"

和阿千通完电话后，我就沉沉睡去。

翌日，早上刚一睁眼，老蒋就打来了电话："起来了吧？"

"才几点你就喊人？"

"十一点了！"

我看了看，果然刚过十一点，我挂了电话，急忙洗漱了一下。出了宾馆，我和老蒋在附近的一家餐馆吃了一份快餐。老蒋说，本来想带我去他的住处做些吃的，可两人一直都没有收拾过屋子，乱得一团糟，他收拾了一早上，还是没能整理结束，只能在外面吃了。

我和老蒋吃完饭后，他带我去了一家咖啡厅，"18"在里面工作。

"18"见了我不好意思地笑了笑，我和老蒋坐下后她指着老蒋说："听他说，要不是因为我请假，你还不会认识石姐吧？"

我明白了老蒋对"18"说了些什么，点了点头。

"阿千回家了？"老蒋问道。

"嗯嗯，昨天晚上给我打电话了，应该是跟她父母说了这件事。"

"18"为我和老蒋端来咖啡，我端起来用嘴唇试了试温度，老蒋点了根烟，道："你也不知道陪她回去，她一个人怎么撑得住？"

"我也本想陪她回去的，但被她拒绝了，她说自己能处理好的，我也相信她能处理好，下次，情况好转了再陪她一起回去吧。"

"18"一直在吧台照顾着客人，我和老蒋喝光了杯中的咖啡后就离开了，他驱车载着我在深圳的大街小巷里兜着圈。似乎每个城市都如出一辙，建筑风格大同小异的高楼大厦，一样在街头上匆忙赶路的人群，让人不知身在何处的车流拥挤的道路。两个人都沉默不言，期间，老蒋问我接下来的打算，其实我心里也不清楚自己有何打算，只能搪塞着他。


晚上，老蒋带我到了一个人声鼎沸的大排档，虽然夜色才刚刚降临，但这里已经是座无虚席。有不少人围坐在一起开心地喝着酒说话，摊主与服务生不停地在里面穿梭招呼着客人。

我和老蒋刚坐下阿千就打来了电话："今天的情况有所

好转哦，说不准我这几天就回去了。”

"好样的，我应该也就这两天回去了。”

"你干吗呢？"

"和老蒋准备吃饭。"

"少喝点酒哦。"

"知道了。"

阿千挂了电话后，我和老蒋要了些肉串和腰子，在旁边的商店随便买了瓶白酒。

吃饭的时候，不知是因为周边太嘈杂的原因，还是老蒋好久没有喝酒，他始终一声不吭，只顾着和我碰杯。

一瓶酒眼看就快要喝完时，老蒋说："以后有什么事，别一个人硬扛，给我来一电话，这号码一辈子都不会换了。"

我点了点头，将杯中的烈酒一饮而尽。


回到宾馆后，我定了第二天返回的车票，洗漱完毕，就上床睡觉了。

我不知自己在何处，周围的一切都被白色覆盖着，像处在一片云朵之中。我坐在一张办公桌前，桌上任何物品都没有。突然我的胳膊不由自主地动了起来，我看见我的手里拿着一把手枪。我不知为何，我的身体完全不听我的指挥，胳膊抬起来，手握着手枪举在了我的面前。我的嘴突然张开，枪头伸进了我的嘴里。一声枪响，子弹快速地射穿了我的喉咙，一阵暖流慢慢地从喉咙流了出来，我倒在了桌子上。我看见红色的液体从我的头部流向桌面四处，不久，我的呼吸越来越急促，意识变得开始模糊，液体的温度也降了下来。眼睛已经支撑不住了，终于闭上了。

　　我被吓了一身冷汗，坐在床上，一直用手摸着自己的喉咙，确认刚刚发生的一切只是梦境。想再次入眠，但无论如何都无法入睡。只好起来穿好衣服，坐在房间里抽着烟。

　　好不容易熬到早上八点，正准备收拾一下离开此地，但一个电话不得不让我滞留在这个陌生的城市。

## *09* ////

　　对方来电称自己是深圳某某区的警察，确认了我的身份后，让我在最短的时间内赶到派出所。我连连答应着对方，挂了电话后又给老蒋打了电话，老蒋即刻过来，陪我一块儿去了那个警察所说的派出所。

　　我和老蒋到了派出所后，我刚掏出身份证说明来意，就被两个面容慈祥却心思缜密的警察带到了询问室。他们就我和石姐的关系以及以前的联系开始发问，我知道石姐肯定出事了。

　　在不了解事情的情况下，我自然不会多说什么，于是要求他们将事情的原委告诉我才行。

　　一人仔细一想，点了根烟说："这位石姓女子，两周前来到深圳，中途去了一次香港，我们推测可能是出来游玩。昨天早上，宾馆的服务生要求更换床单时发现她躺在床上，如何呼唤都不能醒来，随后报了警，警察和医生赶到时，已经救不回来了。"

"应该死了有两天了，她的房间一直挂着请勿打扰的门牌，服务生一直没进去过。后来是觉得不对劲才打开门进去的。"另一个接着说道，"法医的鉴定是安眠药服用过量，暂时推断是自杀，也没有找到怀疑任何他杀的证据。她的房间里留了一封信，是给你的，我们是通过她的手机通讯录找到你的号码的。"

我有些气愤地说道："既然你们都判定是自杀了，还审讯我做什么？"

"哪有审讯一说，只是找你了解一下石姓女子的情况。一个外地女子，无缘无故死在我们这里，我们肯定要给上面一个说法的嘛。哪有你想象得那么简单？很多事都要有个程序的，不可违背。"

我无奈，想了想，也罢，自己总要好好活着，于是将我和石姐的所有事以及石姐的故事全部和盘托出，但我没有提起"18"，我想我应该尊重她选择重新开始的权利，毕竟，她还要在这个城市生活。

中途，一个警察说道："你要不要去看一下死者？"

我想了想，还是没有鼓起勇气去看那张已经离开人间的美丽的脸。

最后，在警察的监督下，我打开了石姐留给我的信，警察确认里面只是给我的送别信和一份财产遗嘱后，让我带着信离开了派出所。我想，他们得知了石姐的经历后，觉得她是一个非正常人也无可厚非，自杀很是合情合理了。

老蒋一直在派出所门口等待，我全然不知我竟已经在里面待了有将近四个小时。老蒋带着我去到"18"工作的咖啡厅，"18"听到这个消息后，哭得泣不成声，老蒋一直在旁安慰着她。我感到很累，随即赶回宾馆休息。

我躺下后，满脑全是石姐的身影，于是拿起石姐留给我信阅读起来：

　　小莫，你好。

　　最后一次跟你说你好了，我不知道这个选择对不对，但我似乎已经没了别的选择。我真的有认真考虑要重新开始的，可是，我很害怕，走到任何地方我都害怕，碰见任何人我都害怕。请你相信，我真的做了很多的努力，但还是无济于事。

　　我走过了很多地方，但自己依然是孤魂一个，我见过了许多人，却仍然只有悲伤。我曾经想把所有都托付你身上，可是我不能太自私，那对你太残忍了，你的人生才刚刚开始，不应该有这些的。你曾经答应过我，要永远记得我，离开这个人世时，我唯一担心的问题只有这个。

　　在宾馆里自杀，对人家怎么说也是有影响吧，真是挺对不住人家的，但自己实在找不到可以安静离开的地方，这个世界太吵了。我想，到处都是这样吧，再活下去，只会越来越害怕和孤独，我不想再忍受了。

　　还没有见过你喜欢的女孩，她一定很漂亮吧，请你千万要好好待她，从你的讲述中，自己多少还能感受到她也是个脆弱的人，你可得坚强，不能垮掉不能泄气，为了她，一定要让自己非常坚强。不然的话，怕她又会如我一样无依无靠孤孤单单。

　　我想了很久才做了决定，不论对错，也没有关系了，因为那样活着只是没死而已。还好能在生命快要结束时遇见你，你不用怀疑的，对我来说，你是出乎意料的惊喜和意外。希望没有给你的生活带来不便，因为我想这封信要交到你手上的话肯定会很不容易，请你原谅我，只是在生命的最后只想到了你而已。

　　也不知该说些什么了，只盼你能好好活着。


　　我看完信后不禁对着空中声嘶力竭地吼道："会的！我会的！"仿佛用尽了一生的力气。

　　我本来以为，死亡是一件可怕的事情，但忽然觉得，石姐的死亡更像是一种权利，一种更能显示出她活着的权利，我们谁人都无法掠夺的权利。我不知她在离开那座城市后都经历了什么，她也许真的做了很大的努力，但自己还是太过于脆弱吧，无法再承受来自这世界的任何伤害了。我只能尊重她的选择，好好地活下去。

　　心情平复后，我给阿千打了电话："你过去了吗？"

"嗯啊，中午就来了，父母已经搞定啦。"

"你把我衣柜里那个收集箱找出来。"

"我下午的时候已经发现了。"

"里面的东西在吧？"

阿千似乎在走动。

"扔了，都是坏了的嘛。"

"哎！"

"你想干什么？"

"算了，本来想让你给我照一下那个表发过来的。"

"全部都扔掉了。"

"那你去把音响打开，放一下马勒的交响曲，我想听。"

"没问题！"

手机那边传开阿千拖鞋窸窸窣窣的声音，不一会儿，马勒的交响曲就从那边传过来。我的脑海中浮现出石姐坐在她住处里为我细心削苹果皮的画面，不久便消散不见。

"好了，你早点睡觉吧。"我对阿千说道。

"收到！你什么时候回来呢？"

"明天晚上应该就到了。"

"OK！"

我挂了电话，擦了擦眼角的泪水，冲进卫生间淋浴，热水一直冲刷着我的身体。我不愿离开，因为我一旦躺下来，脑海就会浮现出石姐的笑容，而此时此刻，她的笑容却让人悲伤不已。

翌日早上，老蒋来送我去车站，我上车后他才离去。整个路上，老蒋没有说任何话，我不知他为何现在变得如此沉默，似乎有心事，但一直不开口。可比起之前，我感到这样更舒服，有时候朋友在一起，之间也许不需要那么多的话语，各自想着一些小事情，我也不需要知道你在想什么，只要觉得舒服就好了。

上车前，我担心自己无事可做时又会悲伤地想起石姐，于是在车站的书店里买了本川端康成的《雪国》。一路上，我都把自己埋在《雪国》里，不问吃喝，不管何地，也不允许大脑出现片刻的空白。

下车时天色已经暗了下来，我打车回到住处，敲了敲门，阿千不在家。我开门进去后，给阿千打了电话，发现她的手机正放在床头充电。我放下包，伸手摸了摸床铺，里面还有温度，似乎阿千刚刚离开。

我想她应该出去买东西了吧，于是自己先洗漱了一下，吃了点她的零食，冲了杯芝麻糊喝掉。

将近半个小时已经过去，阿千还没有回来，我的心里开始紧张起来，我点了根烟，终于按捺不住，跑出了住处。

可是，我该去那里找她？我在小区的周边转了一圈，努力地寻找着，但都未见到阿千，我想起了她的学校，于是搭了车前往她的学校。坐在车上，我担心阿千会独自去拿掉孩子，不禁额头上渗出了汗水。可是阿千已经答应了我，她不会那么做的。会不会是她回去跟父母的沟通并不顺利呢？也许并不是她所说的那样，她只是在安慰我呢？如果去学校没有找到她，那这个可能性就会更大了。我的心越来越焦急，实在害怕阿千会做什么傻事，我掏出手机想给老蒋打电话，但他在千里之外，跟他说了也无济于事，还是算了。

车子刚刚转过两条街，我把手机装进兜里，忽然发现路边一个女孩似乎是阿千，我赶紧叫停司机，下车后，我定睛一看，果然是她。

我走过去，坐在阿千的身边，把自己的外套脱下来披在她身上。

我本想抽烟，但想到阿千有孕在身，于是作罢。说道："我一直以来都非常清楚，自己能控制的事情太少太少，所以就故意地控制自己，我对学习一窍不通，就不去学校了，我想见我的朋友，就去了上海，我不想再干那种与人互相猜忌的工作，就不去做了。但我想，有些对我来说很重要的事，不一定我都能处理得很好，所以我也需要依靠，但我会努力保护这种依靠。"

阿千说道："我相信你。"

"谢谢你。"

"记得去年刚刚入冬的时候，因为马上面临毕业离开学校，有天自己特别难过，于是来找蒋，可是他却不在，真是悲上加悲，回去时，一个人坐在这里哭起来。"阿千轻轻地笑了一下，"不知从哪里来了一个男孩，提着一些啤酒放在我脚边，我毫不客气地和他对饮起来。唉，真是个让人难忘的夜晚。"

我伸手搂住阿千，阿千顺势靠着我，说："我好想哭。"

"哭吧，人大了，开心的时候总是想哭。"

突然，天空飘起了纷纷扬扬的雪花。我抬起头，看着满天的晶莹，像是过去在和我做最后的告别。青春里的最后一场雪，终于落尽了。